完全犯罪の恋

田中慎弥

PERFECT CRIME
FOR LOVE
TANAKA SHINYA

講談社

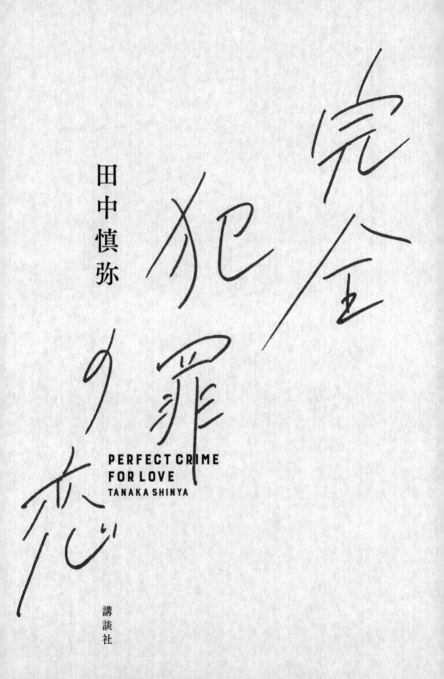

完全犯罪の恋

初出
「群像」2020年4月号

BOOK DESIGN
albireo

COVER PHOTO
靴の広告、1957年

携帯端末を何も持たず、またパソコンも使わない作家が登場するからといって、これは何も田中の体験談というわけではない。確かに主人公の名前は田中なのではあるが、これからここに展開するほどの出来事は十代の時も四十代のいまも、経験してはいない。

ところでなぜわざわざ十代だの四十代だのと区切ったかといえば、この話は三十年隔たった二つの年代を往復する形を取るからである。読者の中には、主人公が作家になったあと、つまり四十代を描く部分に、なんだやっぱり田中自身の狭い日常を扱った私小説じゃないか、と白ける向きもあるかと思う。実際、主人公を肉づけする筆の中に、田中の人生と近い、というより全く重なる部分がある。だが、過去の大作家たちの作品とその死を背景として起る高校生時代の出来事は、完全な創作だ。もしこういう十代を過したのならば、やはりここに描かれる、人生の半ばを過ぎた男の空想そのものでしかない、それだけに胸が高鳴りもする四十代を、いま、本当に送っていたかもしれない。

予想通り、空いていた。新宿のデパートの六階、エレベーターの前、トイレの横にある休憩スペースの椅子に座り、原稿を入れた鞄は用心のため、横の椅子ではなく膝に置き、大きく息を吐く。いかにもな四十代後半の男の図に違いないと、周りに誰もいないから自分で自分を笑ってやる。

四年前まで住んでいた山口の下関では、こういう商業施設や駅に、いくらでもただで座れる場所があったが、東京だと、人の数が多いから、あったとしてもたいてい埋まっていて、その場合は同じ建物内の階段や、暑くも寒くもなく雨も降っていなければ屋外の花壇の縁や、ショーウインドーの下の腰かけるのに丁度いい段差のついた部分、ということもある。六階のここは穴場で、椅子が全て埋まっていることはめったにない。

手帳で食事の時間と場所を確める。月刊の文芸誌に連載している小説の原稿を担当編集者に渡すため、月に一度、新宿で会う。下旬に設定されている締切ぎりぎりだとこちらもゲラ刷を見る時間が減ってしまうし、編集者にもプレッシャーをかけることになるから、上旬、第一金曜日に渡すと決めている。今日の分を含め、あと四回で連載は終る。始まったのが二年ほど前。その頃は居酒屋や寿司屋にも行っていた。なんの気なしに、下関にいた頃魚はよく食べた、と言ったからか、この頃はステーキの店やイタリアンを取ってくれることが多い。今日はこれまでに一番よく行っている、タイヤを真っ二つにしたような半円形の大きなチーズを客の目の前で米とからめるリゾットが名物の店。まだ三十分以上あるので、時間潰しによく使うここに座ったのだった。自宅を出て直接待ち合せ場所に行くのではなく、普段の運動不足解消のために街をうろつき、そのあとどこかで少し休んで、というのが人と会う時のいつものやり方だった。店はここから歩いて五分ほどのところにある。

持ってきた読みかけの文庫本を開くが、今日会うのではない別の編集者にすすめられた、ノーベル賞候補の一人とも言われるこのアメリカの現代作家がどうにも読みづらく、すぐに瞼《まぶた》が下がってくる。幻想的な世界を何重にも捻くった文体で書くこの大物は、編集者と会う時、私がここで時間調整するような決った形を持っているだろうか。他の作家の小説でうとうとするだろうか。

もう一度字面を追うためなのか、眠気が増してきただけなのかはっきりしないままよろよろする視界の端を、スカートから出たスニーカーの足が通り過ぎる、と、一瞬立ち止ったと感じられたが、すぐトイレに入っていった。錯覚。四十代で独身、恋愛経験は四度、それもここ数年途切れているために、女が自分の前で立ち止ったなどという勘違いが発生するのだろう。

ばかばかしくて今度こそ眠気が去り、難解な文章を、読みづらい、面倒臭い、と意識しながらも追ってゆく。

トイレから出てきた。女にしてはずいぶん早い。通り過ぎた。止った。

目を上げると、こちらを見ていた若い女が急激に目を逸らして歩き去った。両頰を隠す髪が長く、顔ははっきり見えなかった。

そのあと編集者に原稿を渡してワインを飲んだりリゾットを食べたりしている間も、頭を離れなかった。ずっと前から知っている女のように感じられた。

翌、四月の第一金曜日、予感か恐れかはっきりしないものを持って新宿へ出た。いつも通り、連載小説の原稿を渡すために編集者に会う、それを電車の中で何度も言い聞かせなければならなかった。原稿渡しを口実に、ただで食べてただで飲む、この若干疚《やま》しい習慣に、いまはどこか、しがみついていた。編集者に会う、そのために新宿に行く、ただ飯ただ酒、他に目的はない、目的はない。

東口から地上へ出、約束した時間までには十分に余裕があること、つまり先月のこの時間と同じであることを確め、デパートに入り、エレベーターでいきなり上るのは何か緊張するので、エスカレーターにした。新天皇の即位は来月で、店内には、祝令和、といった文字が見られた。

六階の休憩スペースの椅子は珍しく全部埋まっていた。トイレへ行き、出てきても空きはなかった。椅子と反対側の壁に凭れ、腕時計に目を落したりして、いかにも人を待っているという恰好をした。

恰好だけでなく、本当に待っていた。ただ一度、偶然顔を合せただけの、しかも二十くらいは年下の女とまた会えるのではないかと、自分でも驚くほどはっきり期待していた。

いくらなんでもあまりに不用意で、反省がなさ過ぎる。これまでの女性関係はどうだったか。作家になる前の、性欲以外に何もなかった頃は思い出したくもない。小説が一応は認められたもののベストセラー連発などとは無縁の自分を、それでも作家だと認識してくれた相手とわずかな期間、関係して、別れるだけ。作家というせっかくの特殊な肩書を利用もせず、かといって肩書を外して素っ裸になれるかというと、女が少しでも文学を見下した態度になろうものなら苦し紛れの説教をし、音信不通、自然消滅。

今度にしたって、せいぜいが、雑誌か何かで見たことあるけど誰だっけ、という程度の認識で私を見たのでしかない女と、もう一度同じ場所で会えるなどあり得ないし、会えたにしたところで、年齢差を考えるまでもなく、なんの展開も望めるわけがない。そもそも、あの女は、私を作家と認識したのではなかった。本当は、立ち止ったりもしなかったのだ。

まだ時間は余っていたが待たずに、下りのエレベーターに乗った。

改元され、十連休が終ったあとの新宿は人出が少ないようだった。第一金曜日が休日だったので二週目だった。

六階の椅子は空いていた。いつも通り鞄を膝に載せ、手帳で、今日依頼されたばかりの仕事を、他の日程に絡めて確認する。地元の下関にある郷土文学館での講演。帰省を兼ねて引き受けはしたが、まだ地元にいた頃に、そこでは二度やっている。東京に暮してみての心境や仕事ぶりの変化をもとに、地方と中央との関係といった流れで話してくれないか、との先方の言い方もぼんやりしている。いまからでも断ろうか。

少し早いが近くの大型書店を覗きたかったので、エレベーターに乗るために二つある扉の前へ行き、赤ん坊を連れた女のうしろで待った。ベビーカーからぐふぐふと声がする。

昇りが来、厳めしい顔つきでスマートフォンを操作しながら降りてきたスーツ姿の五十くらいの男がベビーカーにぶつかりそうになり、あーすみません、といやに恐縮してすり抜けてゆくあとから、あの女が出てきた。何かを思い出した気がした。視線が合いそうになるところをどちらからともなく外し、その動きのまま、隣に来た下りに、赤ん坊を連れた女のあとから予定通り乗ってしまった。女が素早く一階を押す。こちらを見ているあの女との間で扉が閉まる。開く、のボタンを押そうとしたが動き始める。赤ん坊が一心に私を見上げている。あの女はひょっとするとこの母子と私とを、ひと組だと見たかもしれない。四階で一人乗る。二階が押される。何も押していないのは自分だけだが、いったいどこへ行くつもりなのか？

編集者に会って、連載小説の原稿を渡すのだ……

二階に着き、降りる。隣を見るが箱はまだ上にある。日傘やスカーフが並んでいる売場を回り込み、エスカレーターに乗り、さらに歩いて上ってゆく。何をやっているのだ、年が違い過ぎだ、ばかげている、それどころか危険でさえあるかもしれない、作家を陥れてやろうという魂胆ではないのか、あの女はその手の企み専門の裏組織に雇われて——三階。迷うが、上りに乗る。次の階で、必ず引き返す。

四階で、反対側にある下りの方へ行こうとし、やはり足は止る。自分はさっき、何か思い出した筈だ。というより、あの女を通して、記憶が突然襲いかかってきた。二か月前にここで見た時より前には、絶対に会っていない。しかし、例えば去年出た単行本のトークイベントでサインをした何人かの中にいなかったとは、言い切れない。でなければどこかの呑み屋でたまたま隣に座ったりしたのか。そんなのはますます危険だ、引き返せ、いやこれはまたとない機会かもしれない、機会？　なんの？

五階。迷わず六階。エレベーターの前、トイレの横。

二人座っているうちの一人、髪の長い女がこちらを見る。両目は離れ気味。視線を外そうとしない。これほど強く誰かと目が合うのはいつ以来だろう。年齢差だけを頼みにこちらから強く出てやろうと、しかしなんの目的で言うのかも分らないまま、

「あの、私は田中といいますが、どちらかで、お会いしたんだったでしょうか。仕事でお世話になったのを、こっちが忘れてるのかな。御用件は。」

自分の方がここに戻ってきておいてこの言い方はない。これでは、こっちが危険人物だ。だが女は顔を明るませて立ち上がると、

「よかった待ってて。やっぱり田中さんなんですね。」

「待ってた?」

女は片手を胸に当てて、

「あの、分り、ますか。」

「えっと、ですから、どこかで……」

「私じゃなくて、私の顔なんですけど、覚えてませんか?」

この女とこの女の顔とは果してどう違うのか、などと考えつつ、何かを今度こそ思い出しかけながら、やはりまともな相手ではないとも感じる。

「人違いか、それともからかわれてるのかな。」

椅子に座っているスーツ姿のさっきの男が、あからさまに私たちを見比べる。

「そうか、覚えてるかっていう訊き方が駄目か。」とずらした視線をまた合せて、「じゃ、似てませんか?」

まともではない。覚えているかより、似ているかの方が怖い。誰にだ。私に似ているか

どうかという話なのか？

「真木山緑《まきやまみどり》の娘ですけど、似てませんか？」

丸い鼻とやや張った顎、こちらの答を待って何か言おうとしている小さな口は、全く違う。だから、目が緑のものだと分る。

「似て、ませんか。」

「あーっと――」

「よかったあ、似てるって言われたらどうしようかと思った。」

「……」

「似てるのがやなんです。」

私はなぜか打ち消したかった。

「でも、目は、そっくりですよ。」

「あ、やっぱりか。離れ過ぎですよね、これ。」

「あの、ほんとに真木山さんの？　ちょっと信じられないんだけど。」と言ったのも、似ている目で完全に信じてしまっているからだった。

女は学生証を出した。都内の私立大学文学部、真木山静《しずか》。

「母とつき合ってたんですよね、下関で、高校の頃。で、もう一人、男性が、いたんですよね。」

椅子に座った男はもうこちらを見ていない。

「なんで私がここにいると思ったの。偶然見かけたから？」

「ごめんなさい、田中さんの名前で検索して、それであの、住んでらっしゃるとこの駅名とかも、分るっちゃ分るんですけど、それだとあんまりなんで。」

「月始めの金曜、ここにいると。」

「先月駄目で、先週もだったんで、だったら今週かなって。すみません。」

「高校出てから会ってないけど、お母様はお元気ですか。」

静は、私がひどく不思議な質問をしたとでもいうように目を大きく見開き、急に笑うと、

「母とはずっと会ってないんですか。」

「会ってない。」

私は大学受験に失敗したあと引きこもり状態を長く続け、三十を過ぎて作家になった。その間ずっと地元に住んでいたが、同級生とは一度も顔を合せていない。

「私、母が嫌いなんです。」

現れ方も言うことも唐突だ。応答出来なくて時計を見る。

「お忙しいんですよね。また会えますか？」

「また？」

「母は詳しいこと、何も教えてくれません。離婚までしたのにです。」

「……」

「連絡先、いいですか。」

スマートフォンを出したのでこちらの事情を説明すると、

「えー、やっぱほんとなんですね、なんにも持ってないって。衝撃です。」

からかってではなく本当に驚いている。それはそうだろう。

「持ってたとしてもね、交換するのは、いや、信用しないわけじゃないけど……」

「ですよね、御職業柄。」

ゴショクギョウガラ、を懸命に発音した。

「じゃ、こっちのだけ教えてもいいですか。」

「でもそれだと、一方的過ぎるんじゃないかな。こういう時は、どうすりゃ――」

「時間、ないんですよねっ。」

目と同じく緑のものに違いない強い口調に、急いで手帳とペンを出し、白紙の頁《ページ》を開きはしたものの、これはいったいどういう事態なのだろうかと、相手に渡せずにいると、いいですかっ、と引ったくった手帳を宙に浮かせたまま書こうとしてうまくゆかず、あー、もうっ、と体を捻り、壁に張りつけて書き、警察が動かぬ証拠を突きつける恰好で、これなんで、と開いてみせた。

「絶対連絡下さい。引き下がりたくないんで。私はただ、母がどうして、どうしてああなったのか、ほんとのことが知りたいだけなんで。」

ドラマの決め台詞調に言うと頭を深く下げ、なかなか上げなかった。

ベトナム戦争がまだ続いていて、ウォーターゲートビルに仕事熱心な男たちが侵入し、戦争、といっても太平洋戦争のどさくさで誘拐されていた沖縄が米軍基地をくりつけられた状態で日本に戻ってきた年に生まれた私たちが、高校に入学したのは、一九八八年だった。ソ連はまだあったがかなり年を取っていて、アメリカの大統領は元俳優の鼻も背も高い男で、ベルリンの壁がソ連同様寿命を迎えようとしていた。昭和という時代は壁みたいに形のあるものではなかったが、翌年の一月に堂々と終った。

そして平成最初の春が来ると、私は真木山緑ばかりを目で追っていた。緑はたぶん、ベルリンの壁がなくなるかどうかといったことよりもずっと素晴しくて、自分には手が届かなかった。疲労と時代遅れのせいで弱り切ったソ連や、小柄という以外になんの取得もない竹下登の心臓になんて金を貰っても触りたくはなかったが、どうしても触りたい緑の胸に、同じクラスにぽっかりと浮んでいるそれに、永久に触れられないということは、どうしようもなく虚しい事実なのだった。国や壁と違って崩壊の心配がまるでない、完全な虚しさだった。

小中学校が違ったし、高校一年でも別のクラスだったから、緑は全く唐突に、私を掻《か》き立て、私をさらったことになる。何しろ小学生の頃からそれまでに見てきた同級生の女子たちといえば、チェッカーズだかジャニーズ系の誰だかがどう恰好いいかを、年取った大型犬の歩き方なみに気怠く重たい口調で延々と披露してみせ、たったそれしきのことで私たち男子生徒は萎縮し、たまに女子たちの風貌をあげつらう形で反撃に出ようものなら、大の男が女をいじめたいじめたと完全な正義を主張し、クラス中の女子が団結して当事者の男子を徹底的に無視する、といった戦術をくり出す。

しかし、そういうことも、中学生くらいまでの実態でしかなく、高校に進んだあとは、それまでと違う顔ぶれと出会って、一緒に十代後半へ入ってゆくのであったから、徐々に落ち着いてきていたのだとは思う。

緑は、目と目が少し離れ気味で、髪が短くて、何より大人だった。つまり、いつも本を読んでいた。実のところ、私が緑を、小中学校の同級生だろうが別の中学から来た生徒だろうが、他の女子と比べて、というより比べようもなくずっと見ていた理由は、彼女の体つきと同じくらい、この点にあった。『吾輩は猫である』と『坊っちゃん』を中一で読み、また高校一年の教科書に載っていた『羅生門』の、国語教師による噛んで含める式のこと細かな解説を聞き、孤独とかエゴイズムとかなかなか大変そうだ、となんとか理解した気になり、なんとか理解した自分はすごいかもしれないと思っていたのだが、新学年が始まってすぐのある昼休み、教室で『こころ』を読んでいるところを見てしまった。『猫』と『坊っちゃん』で漱石なんて軽そうだと踏んで手を出したものの、冒頭の海水浴の場面でなんだかつまらなくなり、諦めていた小説だったのだ。何日もしないうちに『こころ』が『罪と罰』に変ったのを見て、わけも分らず焦った。これもまた、死んだ父の本棚の世界文学全集に入っているやつを一度は開いたが、最初の頁の、二段組の上段も読み切れずに閉じたのが三か月くらい前だった。

もう一つ驚いたのは、緑が図書室ではなく休み時間の教室で、平気で小説を読んでいることそのものだった。国語の授業の課題でもないのに教室で、そんな難しそうな小説を読む生徒はそれまで見たことがなかった。一年だった時、『羅生門』の、下人と老婆の果してどちらが悪なのかと弁当の時間に口にすると周りは、え？　と固まってしまった。男子たちは私がなんの関心もない勉強と、やはり少しも興味の湧かない漫画やテレビゲームの話しかしなかった。私は密かに周囲を笑った。小説を教科書でしか知らないやつなんかと違ってこっちは文学という偉業に挑んでいるのだ、誰にも見られていないところで一人本を読むことこそが人間にとっての一番の自由だ、そう思っていた。

なのに緑は、いやみな優等生っぽくはなく、また、自分は読書の殻に閉じ籠ってます話しかけないで、の雰囲気でもなく、誰に対しても横断的にコミュニケーションを取りつつ、教室の中で見事、『こころ』から『罪と罰』への切替えをやってのけたのだ。

私は焦りに任せ、父の本棚からもう一度『罪と罰』を取り出して挑もうとした。またはね返された。

やがて、三島由紀夫の『仮面の告白』と一緒にあいつ、森戸《もりと》が、現れることになる。

「あいつ……あいつさん。」

「その人の名前は勘弁してくれないかな。あなたもお母さんからは聞かされてないでしょ。本人のいないところで勝手に名前は明かせない。」

静は目を大きく見開くと、パチンと音を立てるように急激な笑顔になり、

「そうか、ですよね、分ります分ります、フェアじゃないですから。でも何があったのかは、絶対教えてもらいます。」

十日ほど前に新宿でドラマの台詞みたいな言い方をして頭を下げていた静が、いまは渋谷のカフェで真正面から私を睨んでいる。

あの時、深く下げた頭を上げたあとで静は、在籍している大学の、日本文学研究で著名な教授の名を言った。彼と私との文芸誌での対談も読んでいて、自分のことが信用出来ないなら先生に確めてみて下さい、とも。ずいぶん前に貰った名刺を自宅で探し出し、連絡してみると、間違いなくそういう学生がいてしかもかなり優秀だが、最近は大学に顔を見せていないという。どこで知り合ったんですかとの当然の問いに、知合いの知合いってやつで、いや全くの偶然ですよ、とありきたりにごまかしたが、これは案外嘘ではない。

そのあとすぐ、手帳に直筆の番号にかけた。自分はいったい何をやっているのか。これはいったいどういうことだ。新宿で初めて見た時から頭を離れなくなり、前にどこかで会ったのではと疑ったことにも、いわば根拠があったわけだ。こうして向い合っていても、一つ一つが山の低い三角形を描く、間隔の広い目と、話に力が入るにつれてこちらを圧迫してくる気配に、緑がいた。娘であることが信用出来ないのではない、信用出来るから、問題なのだ。

「違うよ、あいつが割って入ったわけじゃない。」

「でも結果的にそうなったんですよね。母と田中さんがつき合ってるところに、あいつさんが出てきてぐちゃぐちゃになって、あいつさんが母を取っちゃって、なのにその人ともうまくゆかなくて、田中さんとも元に戻れなくて、ずっとそれ引きずったままの母はとりあえず父と結婚したけどやっぱり駄目で、私を連れて離婚、したわけですよね。」

「ちょっと待ってくれ。落ち着いてくれよ。」

「超落ち着いてますけど。私のこと軽く見てます？　ばかにしてます？　女で若くて文学やってて、そっちは作家だから、一応話くらいは聞いてやるよ、ですか？」

「あなたみたいないま時の若い女性でも、男に対してそんな古くさいコンプレックス、持つの？」

「私がいつコンプレックスって言いました？　いまのって、自分が世の中で正しい立場にいるって信じて疑わないゴリゴリのヘテロのシスジェンダーの言うことですよね。」

「え、シス、ジェンダー？」

「あーあ、いま時の作家なのにシスジェンダーって言葉も知らない。ネット、じゃなくて本で調べて下さい。辞書なんかには載ってないかもですけど。」

よく響く声だった。カフェの客たちからすれば、母を取っちゃうとか、私を連れて離婚、といった言葉で若い女が白髪混りの貧弱な男を追い詰める図は、かなりいいみものだろう。

「どうしました。びっくりして何も言えませんか。若い女性にここまで言われるのは初めてだ、なんでこんなに追い詰められないといけないんだって感じですか？　てか、私がいま言ったことはなんにも田中さんを追い詰めてなんかいませんから。」

「そっちはそのつもりじゃなくても俺はいま、追い詰められてるって実感してるとこだけどね。そもそもがだ、そっちから話を聞きたいって言っといてその態度はどうなのかね。」

「男だとしても同じですか。」

「……？」

「ひょっとしていま私が言った意味も分んないですか。いまここに女性と男性、一人ずついますよね。この状況で男だとしてもって言い方したら、私がもし男だったらそれでもいまみたいな説教するんですかっていう以外の意味には、なり得ないですよね。」

なんだこいつは。

「一定年齢以上の男性って、しますよね、そういう、いったいなんなんだよこいつはって顔。」

舌打ちを堪える。すると乗り出していた上半身を引き、片手を顎に当て、

「あーほらそれ。なんで俺様がこんな目に遭わなきゃなんないんだって顔。自分に楯突く女性、ひょっとして初めてですか？」

コーヒーに手を伸ばしたが空だった。

「残念でした。大丈夫、もう解放してあげます。こっちもバイトサボる理由ないんで。」

そりゃ大変だね、と言おうとしてやめた、その心理が顔に出てないだろうかと、なんで気にしなければならないんだ？

「必ずまた会って下さい、お互い電話代はキツいと思うんで。すみません。」

「しかし、どう話せばいいか正直……」

「焦らなくていいです。どう話せばじゃなくて、事実そのものを言ってくれればいいだけです……母が、なんでああなっちゃったのか、知りたいだけです。」

「こないだも言ったよね、ああなったって。」

また目を大きく見開き、

「なんか、うまくいってないって、いうか、会話も、出来てなくて、なんですよね。」

母が嫌いだと言っていた。

「じゃ、次回もお願いしますってことで。」と立ち上がる。このままだと言われっ放しだ。

「何考えてんだか。」

「は。」

言わなければよかったがもう遅いので、

「何考えてんのか分んない相手に今後も会わなきゃいけないのかね。」

ゆっくりまばたきしてもう一度座ると、

「私が何を考えてるか、知りたいんですね。じゃ、教えてあげます。考えてるのは、えーっと、カラスノとシラトリザワはやっぱ超きわどかったなとか、レペットがセールにならないかなとかですけど、それ知って満足ですか。てか、いまのワード三つとも田中さんとこの辞書には載ってないでしょうけど。」

「三つ目のやつはなんかのブランドか？　俺が使ってる『広辞苑』にはないだろうな。サン・ローランとかディオールは載ってる筈だけど。」

「なんの反論にも対抗にもなってませんけど。んじゃ。」

「ちょっと。改めて本当に、今後も会う必要があるかどうか訊きたいんだけど。」

また見開いて、音がするような笑顔。緑にもだが、誰か、若い女優に似ている気がした。

「母に、言われたんです。母自身が、もう話したくない、話せないことだから、知りたければ田中さんに訊いてくれって。ほんとです、これは、ほんとに、そう言ってました。それに、田中さんて、私の父親だったかもしれない人じゃないですか。」

「え？　いやその言い方は……」

「責任くらい取って下さい。」と立ち上がり、「ごちそうさまです。」

御辞儀だけはいつも深い。

再び手に取った『罪と罰』だけではなかった。ならば他の手で緑に追いついてやろうと開いた、父の本棚の、『赤と黒』も『アンナ・カレーニナ』も同じように、数頁と持たずに敗北した。本を目の前にしてぼんやりする私に母が、お父さんみたいになりとうなかったらやめときなさい、と時々くり出す言葉を浴びせた。学校行きよる間はごはん食べて勉強して寝るんが仕事、それをほっぽらかして本なんか読みよったらろくなことにはならん。

会社員だった父は翌日が仕事でも夜中まで本を読んでいることがしょっちゅうだったらしく、私がまだ小学生にならない時期に倒れて死んだ。気分が悪くなってしゃがみ込んで苦悶する、というのではなく棒のようにばたんと倒れた。特に何も言わなかった。呻《うめ》き声くらいは出たらしいが、はっきりした言葉にはならなかった。本ばっかり読んで言葉を溜め込んだのにから、一番肝心な時になんもよう言わんかった、本なんか読んでもろくなことにはならん。母にしてみれば、夫に続いて一人息子まで本に殺されたくはなかったのだ。

親心を汲み取ったわけでもないのに世界文学全集から撤退した私は、なすすべもなく緑の読書姿を眺めるだけの位置に戻っていた。昼休み、野球やサッカーの人数合せとしてせっかく声をかけてくれる同級生には、ドストエフスキーに二度目の負けを喫したことはまるで棚に上げ、教科書以外の本なんか一生手に取らないお前らと一緒にするな、と声に出すでもなく、昼休みに一人で教室にいる変なやつとして、かすかに首を振ってみせるだけだった。

その変なやつに、理科室での化学の授業が終って教室へ戻る途中で、緑が突然声をかけてきたのだ。こんな具合に女が自分に接近する日が来るなどと予想も期待もしておらず、そのうち自然に近づいてくると誰かから教わったことも、いずれ必ずそうなりますよという占いを読んだこともなかった。あまりに驚いた私は最初、何を言われているのか分からなかった。

「ほやけえ、松本清張っちゅうのはちょっとがっかりやなって。」

やはり父の本棚にあるカッパ・ノベルス版の『点と線』は、ドストエフスキーとは比べられないほど読みやすかった。なぜそれを知っているのか。

「いや、田中がどこで何読みよるか知らんし、興味もない。得意そうに喋っとったの聞えただけやけ。」

二年になって間もない頃の弁当の時間に、机を寄せ合って食べていた何人かが漫画やゲームの話をしたあと、田中お前普段何しよるんかと訊くので、どうせ誰にも通じないと諦めつつ、やけにもなって、『点と線』の犯人が東京駅のホームで仕かける四分間のトリックについて、周りがあからさまにいやな顔をするのも構わずべらべらと喋った。まくし立てる、というのはこういう時のことなのだろうなと、私は変に満足していた。

それを緑に聞かれた、と知った理科室帰りの四、五日あとに次の展開が待っていた。漱石やドストエフスキーに続き、清張についても、緑に出し抜かれた。この間のような教室移動の流れに紛れてではなく、朝、一時間目が始まる前だった。緑の席だけが急に火事になり私の席の方向以外どこにも逃げ場がない、というわけでもなく、教室内をぶらぶらしていて偶然私にぶつかったのでもない、一見するとただ取留めなく机の間を歩き回っている風ではあったものの、はっきりした意思で近づいてきて、私の席の横で止った。

クラスの目がこちらに集まる中、

「『砂の器』ってさ、小説と映画、全然違《ちご》うとる。」

理科室からの帰り道に声をかけて以降の数日で文庫の上下二巻を読んだというので、私はまた驚いた。教室での緑は相変らずドストエフスキー、いまは『悪霊』を読んでいて、松本清張など影も形もなかった。

その日に図書室で『砂の器』を借りた。お父さんは持っとらんかったんかいね、と母が言った。十日以上かかってやっと読み終り、レンタルビデオで映画版を借りた。母は、まあ、佐分利信やね、ありゃ、渥美清、と勝手に呟いた。捜査会議、コンサート、父子の旅という三つの場面が重なり大げさな音楽が鳴り響くクライマックスシーン、確かに原作とは全く違っていて私は呆気にとられたが、母はそうではなかった。私の前で泣くのは『E.T.』を映画館で一緒に観た時以来だった。


「あー、ケンティが出たやつか。」

「ケンティ?」

「あれいつでしたっけ。見てませんけど。」

今年の春頃にテレビ局の開局何十年かの大型企画として『砂の器』がドラマ化されたのは知っていたが、私も見ていなかった。ケンティというのは犯人の作曲家役をやったジャニーズ系のアイドルで、ピアノが弾けるのを理由に起用されたのだそうだ。ケンティの顔が分らず首を振る私に、どうせなんにも知らないでしょう、でも決してあなたの罪ではありませんから、といった口調で、

「Sexy Zoneです。『ぐるナイ』とかに出てたと思いますけど。」

「ああ、料理の値段、当てる番組か。橋本環奈が出てたんだっけ。」

「ハシカン……」

「ハシカンて呼ばれてるのか。」

「あの、なんて呼ばれてるかじゃなくて、田中さんの年でハシカンなんだと思って。」

来週あたりは梅雨入りかという新宿の、例の休憩スペース。

「田中さん、テレビなんて見るんですか。」

「メシ食う時につけるくらいかな。パソコン、携帯なしで新聞も取ってないから、朝は、とりあえずニュース見る。」

「NHK? それか、『めざましテレビ』とか、見るんですか?」

「いや。加藤綾子の頃は見てたけど。いまは夕方のニュースに出てるよな。」

「カトパン好きな男性って、いますよね、ほんと。」

「口がちょっと大きいとこがいいんだよ。いまの朝のニュースだと、それこそNHKのアナウンサーがやっぱり――」

「てか、女性の顔に関してどこがいいとか悪いとかって、完全アウトです。でも、そっか、ハシカンも、でかいのか。いま、見ましたよね。脚です私の。さっきから時々。出てるものは見てもいいだろってことですか? 痴漢に遭うのは露出の多い服着てる女の責任、て、言いそうですよね女子アナ好きの男性が。脚は、出したくて出してるだけです。男性を誘うために出したくもない脚、出してるわけじゃないんで。」

うるさいうっとうしいうんざり、なんで自分はいまこいつと一緒にいる。脚出てれば目ェ行くだろ普通、と呑み込んで、

「ごめん。すまない。」

「お互いわざわざ時間作って会ってるんだから、顔見て喋ればいいだけですよね、ほんと。」

「バイトがあるんだっけ。」

「心配してもらわなくてもその時はこっちから言うんで。あ、ほらまた、いらっとしてますよね。オンナコドモは黙ってろ。」

「そうは言ってないし、思ってもない。」

「思ってないとそういう目にはならないですよ。そう思ってることに気づいてないんだとしたら、はっきり言って田中さんばかです。ちゃんと自分を客観視すべきです。そういう、オンナコドモ黙ってろの、古い、てか完全に駄目な男ってこと……うざいって感じてます？　でも私は絶対正しいんで。正しいこと言ってるんで。田中さんの方は、正しくない、なのに、なんで、ここでこんな風に、わざわざ会わなきゃなんないんだか。」

「俺もずっとそう思ってるんだよね。お母さんとか俺とか、それからあいつとかの高校時代の話は、訊きづらいのかもしれないけど、やっぱりお母さんに直接。」

「訊きました、何度も何度も。いったい何があったのか、なんで田中さんともあいつさんともうまくゆかなかったか、なんで父と結婚して私を産んだか。答は、お父さんのこと好きになったから、離婚したのはお母さんの努力が足りなかったから。そのあとお酒の量がばかみたいに増えたのもそう、ただし離婚したあといろんな男の人とつき合ってぶん殴られたりしながらお金恵んでもらって、母娘二人が生きてこられたのは、お母さんがそこそこ頑張ったから。それが母から聞いた全部です。納得、出来ますか。」

「……いま聞いた話がほんとなら、勿論ほんとだろうけど、娘であるあなたは、納得出来ないかもな。」

「じゃなくて、田中さんは納得出来ますか。」

全然泣きそうな顔つきではないのに涙が溜って、流れた。

「勝手に出てるだけですから気にしないで下さい。見るのは自由です。出したくて出してる脚とは違いますから。ほんと大丈夫なんで続けて下さい。」

「そう。ええと、あれだ、俺が十九世紀の難しい小説読めなくて、清張でウロウロしてた頃に――」

「いや、そのへんは飛ばしちゃって下さい。本題、お願いします。泣いてまで聞いてるんで。」

緑と急激に近づいた自分を、自分自身で摑み切れず、ただ揺さぶられている感じだった。休み時間に教室や渡り廊下や、校舎の間の中庭で、好きな小説の話をした。また時には、図書室で実際に本を手に取った緑の説教を一方的に、チャイムが鳴るまで聞かせられたりした。自分が女子と話していること、しかもほとんどの生徒、特に男子にとって必須の漫画でもゲームでも、勿論勉強でもなく、この世で自分以外にそのことに興味を持つ人間が、死んだ父以外にいるとはどうしても思えなかった、小説について話している、その事実に、激しく揺さぶられていた。自宅の部屋に閉じ籠って読むだけだった毎日が全くの他人事として遠ざかり、緑が目の前にいるいまの日々が現実なのだ、と認識すればするほど、逆に現実離れして騒々しかった。風であり大雨であり、敵との戦いであり、迷路であり、灯りなしのトンネルであり、とんでもない速度で坂道を下る自転車、かと思うと恐ろしく凪いだ海であり、生き物の気配のない草原であり、また廃墟であり、あるいはいつまで経っても出航せずでもきっとどこかに辿り着く筈の船でもあった。小説について真木山緑と喋るのはそういうことだった。あっという間に経つ時間は、地球の中心とか宇宙の果あたりにいる誰かに操られているのに違いなかった。早送りの世界の中で溺れかけている私に向って緑は、ラスコーリニコフとスヴィドリガイロフ、先生とK、またグスコーブドリやカムパネルラについて語った。それらの物語を私はほとんど知らなかった。肉食獣のように猛然と輝く離れ気味の両目と、言葉の連打に従って伸び縮みする唇を、私は見ていた。緑の声で呼び寄せられ、広げられてゆく物語の秘密に聞き入った。同時に世界は緑によって瞬く間に分析され、解体され、作り変えられ、秘密でもなんでもなくなった。語り続ける緑そのものが世界であり、彼女の動きまくる目と口を通して襲いかかってくるものこそが文学だった。

世界に乗り遅れないために慌てて追いかける恰好でどうにか読んだ小説の感想を、私に言うだけ言わせたあとで、その読み方と解釈、言葉の捉え方がいかに甘いかを、緑はとことんまで指摘してみせるのだった。たったいまこちらが恐る恐る提示した言葉を、緑はひとまとめに抱え上げ、この世の果まで放り投げ、それらが世界を解明するのになんの役にも立たないがらくたであると証明した。熱が入ってくると片手に本を持ったまま、反対の手を宙に翻らせ、声が高くなり、図書室であればカウンターの中にいる図書委員から注意され、そちらへ向って素早く深く頭を下げておいてから、声を低めてさらなる論陣を張るのだった。

川端康成はいいと思うと私が言った時もそうだった。文庫版の『雪国』を団扇代りにしながら、

「ノーベル賞をありがたがっとるだけやない？　ほんとにほんとに、ええと思うた？」

黒い秋田犬が温泉の湯を舐める場面とか、駅で別れた駒子が島村には果物みたいに見えたとか、大きな牡丹雪が静かな嘘のようだと表現するのがよかった、これまで読んだどの小説よりも引きつけられる文章だった、そしてそういう描写のいくつかはどこか清張とも同じ種類に感じられる、と思いつくまま言うと、こんなかわいそうなやつはいないという目で私と空中を交互に見たあと、

「あんたのは、感想やなくて単なる印象やろ。犬が湯ゥ舐めよるとか、雪が嘘やとか、ほやからなんなん？」

「やから、そういう文章が、なんとなくええなあと思っただけ、だけっちゅうか、それで全部。」

「あんたが勝手にええと思うたんやったらさ、単にそれだけのことやろ。」

単にそれだけのことの何がいけないのかも、またどう反論すればいいのかも分らず黙っ

ていると、

「こんなんがノーベル賞作家の代表作？　男の作家が女を自分の理想通りに好き勝手に書いただけやろ。指が女を覚えとるとか、女のすることが徒労とか、いちいち気色悪い。」

私は獣の目を見つめる。世界が緑の目だけになったと分った時、どちらかというと大きい口許をねっとりと波打たせて笑い、

「ね、言うとくけど、本が好きそうやったけえ声かけたんよ。それは、分るやろ、それくらいは。うちの方から言うんもなんやけど、勘違い、せんでよ。」

やっぱり、そうなのだ。いまのところ二年三組で小説のことを唯一人喋り合える、自分が選ばれた理由はそれ以外に、ないのだ。

『雪国』を私に押しつけ、同じように立ち読みの何人かがいる書架を離れ、ほとんどの席が埋まっている長机の間をすり抜けてゆき、私は目で追うだけだったが、出入口の戸を開けたところで立ち止った緑は振り向くと、顎を突き上げ、面倒くさそうに、

「タァナァカーァ、うちのこと好きなんやったら追いかけてくりゃあええやろうがねっちゃ。」

川端康成を慌てて書架に戻し、図書室中から刺さってくる視線が恥かしくて、誇らしくて、緑へと小走りになった。図書委員はこの事態が室内の空気をこれ以上掻き乱さないか

どうか監視した。だが委員の希望は砕かれた。緑を追って廊下に出、うしろ手で戸を閉めた途端、図書室は、フェーだとかヒェーだとか、何あれ、誰、何年生、二年？　だとかの声で満たされ、どこからどう考えても学校中で最も読書に不向きな場所と化した。混乱の張本人たちがいなくなったあとで図書委員が上げる、静かにして下さーい、の声に追われ、二人で犯行現場をあとにした。廊下を走りながら振り向いた緑と、ぴったり同時に笑いを爆発させ、声を追いかけ合って階段を駆け降り、互いの顔を指差して笑い、指で相手の指を払いのけてまた笑った、それが、緑の肌に触れた初めだった。


「ハイタッチっていうんじゃないよ。その頃の日本人はまだそういうこと、日常的にはやってなかったんじゃないかな。」

「じゃ、手、握ったって感じですか。」

「指先が触れただけ。」

「そこからつき合い始めたんですね。」

「うーん、そうなるのかなあ。別に告白したわけでもなんでもないからね。」

「昭和の、告白。」

「だから、してないんだって。それと、一応、平成になってたから。」

「でも生れたのは昭和……昭和かあ。母とか田中さんが昭和生れって、分ってても、なんかちょっと、へえーって感じですよ。戦争やってたとか、ほんとヤバくないですか。」

「お母さんとか俺の世代はやってない。というか、いつの時代でも世界のどっかでやってはいるわけだから、全然関係ないわけでもないけど。つまんない正論だな。」

「いえ、つまんなくは。ごく普通の国民の意見て感じです。でも、三島由紀夫は普通じゃありませんでしたよね。戦争みたいな死に方。」

「ああ、三島の話まで、まだ辿り着いてなかったな。」

「三島じゃなくて、あいつさんですね。三島の小説を母にすすめた人。」

「どうしても話さないといけないんだろうね。」

「話してもらった内容を受け止め切れるか、自信ないですけど。」

「だったらやめとこうか。俺もその方が。」

「ぐちゃぐちゃでもいいんです。受け止め切れなくて、なんか全部ぐちゃぐちゃになっちゃったとしても。」

「そろそろ晩飯時だけど、よかったら、どっかで。いや無理にとは言わないけど。」

「ちょっと無理です。頭、痛いんで。」

「え、大丈夫?」

「て、言われても田中さんがなんとかしてくれるわけでもないし。いつものことなんで。」

「いつも、なの。」

「だから、いつもの、です。」

「……あ、ごめん。その、気づかなくて。」

「いいえ、誰も悪くないし、気づいたら怖いですから。」


十日に一度くらいは会った。渋谷、新宿。一時間半ほど。静が果して大学に行っているのか、アルバイトの時間を気にしていることもあるが実際どのような生活なのか、気にはなったが訊かなかった。それでも、ちゃんと食べて寝てる? と言うと、大丈夫、学生用マンションで朝食出るし、学食はまずいけど安いから、と答えた。私は大学生経験がない。ましていま時の、それこそ娘というほどの年齢の若い女が東京でどのような生活をしているか、想像には限界があり、また静の方も私生活を話さなかった。というより母親と私の過去を聞き出そうとする質問以外のことは、ほとんど喋らなかった。私は私で集中し、思い出したことを正確に語ろうとした。

どう見えているだろう、と毎回考えた。単純に言えば父娘だろうが、結婚しておらず子どももいない自分に父親らしいところのある筈がない。着ているのは二人とも、スーツではなく、Tシャツやジーンズだから、会社の上司と部下という感じでもないだろう。となるとかなり年の離れた恋人同士に、しかし、見えるだろうか。

見えるだろうか？　期待しているとでもいうのか。なぜ会っている。真木山緑の娘だから？　父親だったかもしれない男として責任があるから？　とんでもない、相手が若い女だからだ。もし緑の息子だったら、これほど何度も会わないだろう。緑も責任も関係ない、若い女、ただそれだけだ。いまだ独身、といったって自由に遊んでいるのでもなく、絵に描いたようなモテなさ加減の四十代後半、名前の知られた文学賞を数年前に貰ったものの、著書が毎作売れるわけではなく、今後は尻窄《しりすぼ》まりになってゆきそうな証拠に、これまで仕事をしてきた各出版社からこのところ声がかからなくなり、周りから少しずつ人が去ってゆくのが分る落ち目の書き手が、今度の出会いに勝手に舞い上がっている——

「え、何？」

「だから、三島由紀夫を母にすすめたのは、田中さんじゃなくてあいつさんなんですよね。あの、真剣に話してもらえますか？」

下北沢の喫茶店。

「ごめん。しかしね、思い出しながら喋んなきゃならないのは大変だよ、記憶を探ってくのはね。若い人にはあんまり分んないだろうけど。」

「年を取るのがよくないことだとは、私は全然思いません。いいとかよくないとか言えるほど長く生きてないんで。でも、田中さんの記憶っていうよりは、何があったかっていう事実を、知りたいんです。」

だったらお母さんに訊くんだな、と言わなかったのは、うまくゆかないらしい母娘関係を気にしてではなかった。気にしたとすれば静一人を、だった。母親の過去は母親自身に訊いてくれ、と本当に突き放してしまえばもう、これまで通りには会えなくなるかもしれない。緑との記憶を掘り起し、話して聞かせるためではない、いまはもう、静に会うのが目的だった。そのために緑を思い出し、緑と静を、重ねてもいる。

高校二年の夏休みの段階では、私の目の前にはまだ三島由紀夫も、森戸英一《えいいち》も姿を現していなかった。終りそうになかった昭和が終った以上、もう何も変化したり終了したりしそうになかった。十代、高校生活、夏休み、目に入ったり体験したりすること全部に、終りの気配はなかった。何も変らないと思っていた。

だが、二年後にばらばらになってしまうソ連に先駆けて、一生恋愛が出来ないという動かしようのなかった筈の事実が、どうやら変ろうとしているらしかった。平成最初の夏休みの宿題は、宿題然として終りそうになく、ろくに泳げないから海やプールにも行かないし、部活もやっていなかったし、肝心の緑とは、図書室を出る時に大声で呼ばれてからあと、特に気持の確認などはしていなかった。膨大に広がっている一か月余りの夏休み中、結局一度も会うことはなかった。だが不思議なことに、会いたいのに会えない、とは全く思わなかった。一方で、夏休みが終れば会える、とも考えなかった。一学期に小説についての話が交せるようになった、たったそれだけのことで、まるで密かな企みの共犯になった気分だった。文学という犯罪に手を染めていることを周囲に気づかれてはならない、だから緑からも自分からも、夏休みに会いたいなどと口にもしなかったのだ、会わないからこそ二人のつながりはより強固になる、誰にもばれずに。完全犯罪だ。他に小説に興味のありそうな同級生はいなかったから、少なくとも秘密を共有していることにはなる、気持を確めたり、手をつないだり、唇を合せたり、それ以上の行為をしたりしなくても、ただちょっとした、同時に重大な、秘密を持つだけでいいのだ。その頃の私は、その程度にしか捉えていなかった。恋愛というものがどうやらそんなものではなさそうなのも、緑に、私とは別の共犯者がいることにも、終りそうにない夏が終ったあとですぐに気づくことになったのだが。

テレビでだらしなく高校野球、小さな神社の夏祭、小アジやハゼ釣り、といった去年までの夏休みの習慣に、文庫で手に入る川端康成が加わった。それまでに『雪国』や『伊豆の踊子』は読んでいたが、その勢いでいけそうだと手を出した『山の音』や『千羽鶴』は手ごわかった。『みずうみ』と『眠れる美女』はいやらしくてよかった。

などとやっているうちに、ささやかな花火大会や、もっとひっそりした、酔っぱらい同士の海辺での殴り合いの噂などが去ってしまえば、さすがに宿題ばかりが目立ち、二学期までの日数からいっても、文庫の川端制覇とはゆかなかった。

そして嘘みたいに終った夏休みのあと学校が再開されると、緑の本は三島由紀夫の、著者名と書名がカバーの表紙に明朝体で大きく書かれた新潮文庫版の『仮面の告白』になっていたのだった。この間までドストエフスキーを読んでいて三島、というのは、川端と師弟関係にあり、ずいぶん変った死に方をした作家という他は何も知らず勿論読んだこともないくせに、私は意外だった。文庫本はカバーの折返しの部分がすり切れ、いまにもばらけてしまいそうだった。図書室の本ではなく私物だった。私が川端を好きだと言った時、表面上は感想ではなく印象だとかなんとか言っていたが、気にしてくれてはいて、師とともに世界に知られた三島の文庫本を、わざわざ引っ張り出してきたのだ。私は、壊れかけの『仮面の告白』を持つ緑の指をうっとりと見た。

スマートフォンを握る手を頰杖にしてカウンターに凭《もた》れた静は、肩をすくめながら半笑いに、顎を少し上向かせて、

「いやいやいや、引っ張りませんよ出しませんよ。ずっと前に読んだ本を？　田中さんのために？　お願いだから真面目に話してもらえませんか。」

「俺だって、いま考えたらそんなことあるわけないって分るよ。実際、そうじゃなかったわけだし。でもね、その、なんていうかね……」

「待って下さい。男はばかだからね、とかそういうのなしでお願いします。」

「……いや、その、まあ……」

「言おうとしたでしょ。」

「したした。でも、これはほんと、真面目に言うんだけど、ていうかいままでも真面目に喋ってはきてるんだけど、その、ばかだからっていう言い方で逃げようとしてるんじゃなくて、ばかなのを理解してくれっていうんでもなくてね、単にいま、勘違いしてるだけかもしれないいってこと。俺を意識して『仮面の告白』を引っ張り出してきたのかもしれないっていうのは、その頃を思い出してるいまの俺が、勝手にそう思ってるだけかもしれないわけだ。その時の自分がほんとにそんな風に思ってたかどうか。」

「それはそれで卑怯ですよね。昔の自分といまの自分は別々だって考えるのは田中さんの勝手。それをこっちに向って表明されてもって感じなんですけど、それと、あの、そんな遠くを見るみたいな目でぼんやり見られるのも、困るんですけど。」

「ごめん、ってすぐに謝るのも、やめた方がいいのかな、こういう場合は。」

「いいのかなって訊いてくる時点で、いやそっちで考えるのが普通でしょうって言いたいですね。でも、謝らない方が、いいです。」

吉祥寺のカフェ。井の頭公園の木立が見える横並びの席。いままでで一番近くにある静の顔。似ているというより、同じ目。緑の娘の、ではなく、緑の目。

「分った。」

「は？」

「いや、何が分ったのかもよく分らないけど、先を話すよ。とにかく、話せばいいんだろ。」

「もしかして、話せば自分が許されるだとか、思ってるわけじゃないですよね？　田中さんが許しを乞うようなことしたかどうかなんて知らないし、もしそうだとしても私に田中さんを許す権利なんてありません。だから、ただ話せばいいってわけじゃありません。何があったかを、正確に言ってほしいだけです。」

「俺が話すことを受け止められるかどうか分らない、自信がない、みたいなこと、前に言ってたね。何があったかを正確に話してゆけば、そういう類の、あなたが聞きたくないことが出てくるかもしれない。」

「こっちにプレッシャーかけないでもらえますか。聞きたくないことだとかって言うくらいなら、私が聞きたくなさそうだって田中さんが思ってるそのことを、私がいやがらないように話す努力、するべきですよね。」

「そんな完璧な話し方なんか、出来るわけがない。」

「別に田中さんに完璧を求めてるわけじゃないですけど、そう出来るんなら、お好きにどうぞ。でも無理はしないで下さい。途中で逆切れされたりしたら迷惑なんで。え、なんかおかしいですか？」

「笑うしかないから。それで、あーっと、『仮面の告白』の持主が、あいつ、だったんだ。」


二学期になって間もなく、謎が現れた。授業と授業の間の短い休み時間、トイレに行こうとして教室から出た時にはもう緑が、廊下の曲り角で、三年生らしい男子生徒と喋っていたのだ。私は目を逸らして曲り角とは反対方向にあるトイレに入った。

三年生だと考えたのは、男子の身長が高いのと、廊下を曲った先には三年生の教室が並んでいるからだ。こちらは上級生が怖いし、普段その方向に特に用事があるわけでもない。例えば部活の先輩後輩の間で何か話さなければならない場合に、あらかじめ時間を決めておき、曲り角のあたりが連絡場所として使われることはあるらしい。緑は部活はやっていない。

教室への戻り際、また視線が行く。緑が笑っているのがうしろ姿から分る。三年の男子も、誠実な目を細めている。授業の最中からずっと我慢していたので、休憩時間が来ると同時に廊下へ出た筈だが、その時すでに緑は曲り角にいた。いつの間に？　いつからだ？

誰だ？　何を笑ってた？

緑は私に、三島由紀夫の話ばかりするようになった。あれ以降、曲り角であの誠実そうな三年生と話すことが多いのに、私との時間もこれまで通り平気で確保している。

緑が三年生と親しくしている、とクラス内でも話が広がって、特に女子の間からは生意気だとかアバズレだとかの評が出始めていたが、いまの緑がどう呼ばれるべきなのかは私にはどうでもよかった。誰なんだ、と訊いた私に、

「森戸君。」

あまりにあっけらかんと答えたのが気に食わなくて、

「ほやけえ、誰なん。」

「誰って言われても。」

「誰なんかって訊きよるんやけ答えれえや。」

強く言ってしまったと思ったが、反発するどころか、

「子どもの頃からの知合い。親同士が一緒の職場。」

「昔からの知合いいっちゅうだけで廊下で話したり、出来るんか。」

「なんで怒っとるん。」

「別に、怒っとらん。」

「はっ。」と調子が高くなって、「怒っとるやん。そっちが怒っとるんを怒っとるって言うただけやろ。それを怒っとらんって、なんなん、それ。」

間隔の広い目が真っすぐで、私は黙った。緑はごめんと小さく言い、

「森戸君とは小中学校おんなじで、いろんな本とか作家のこととか、教えてもろうたりして。」

緑の本好きが身近な誰かの影響というのは、よく考えれば不思議でもなんでもないが、三年の男子であることが不満だった。

「それだけか。作家を教えてもろうて本好きになって、ただ、それだけなんか。」

今度は緑が黙ったが、余裕のある沈黙だった。薄く笑っていた。

「森戸君と、友だちなんか恋人なんかを、はっきり言えっちゅうこと?」

恋人、と言われて戸惑い、

「そんなこと、言うとらんけど……」

「男のくせにずるいんやね。怒っとるのに怒っとらんとか、そんなこと言うとらんとか。」

緑の目は、言葉と違って、批難するというよりはむしろ私を憐れんでいた。私は、嬉しかった。情なくなるよりも自己嫌悪よりも、私を完全に見捨てたのではなさそうな憐れみ

が、嬉しかったのだ。

『『仮面の告白』も森戸君が貸してくれた。いままでは、三島由紀夫って、なんか、変に筋肉ムキムキのええ恰好しいのお坊っちゃんちゅう感じで、死に方も好かんかった。死にたいんなら芥川龍之介とか川端康成みたいに、一人で勝手にやる方が様になるのにって思いよった。いまでも別に切腹、やなくて割腹か、どう違うんか知らんけど、それが恰好えとは全然思わんけど、でも小説は、まあまあええとは思う。かわいい感じはするんよね、文体に力、入っとってから。」

読んでいないので何も言えなかった。文体、という専門用語にも驚いたが、かわいい、という表現が何か、耳に残った。

「貸したげようか、三島の小説。森戸君に貸してええかどうか訊いてみてからの話やけど。」

友人か恋人かの結論も出ていないのに、緑は言ってのけたのだった。

「いらん。別に、読みとうない。」

「気ィ変ったら言うて。」

「お前、あいつが……」

「あ、初めてお前っちゅう呼び方した。」

ここも緑は怒らず、笑っていて、私は焦った。

「あいつが……」

何を言っているのだろう。何が言いたいのだろう。

「あいつのことが、あいつのことが……」

「さあ、好きかもしれんし、好きやないかもしれん。」

「そんなん、わけ分らんやないか。」

「自分でもよう分らん。」

「三島が好きなんは、あいつが好きやけえか。」

「じゃあ田中はうちが好きなん？　小説が好きなん？　うちが本を読まん女やったとしても、仲ようしてくれとった？」

間もなく小さな事件が起きた。


「と言っても俺にはまだ出番はないんだけど。」

梅雨明けの千鳥ヶ淵。立ったまま缶ビール。静は三五〇ミリリットル缶を飲み切らないうちに、もう目の周りが染まっている。緑は離婚して酒量が増えた、と前に聞いた。

「出番？　出番があるとかないとかって、じゃ、その出番を定義、してみて下さいよ、定義。俺の出番て、ふ、やくざ映画みたいですよね、観たことないけど。」

この酔いのまま静とどこかの名画座で古いやくざ映画を観たとして、観たあと、どうするのか。本を読んでなかったら仲よくなってたかと緑は言ったが、静が緑の娘でなければこうして何度も会っているだろうか。しかしこれはおかしい。緑の娘でなければ静は私に会おうとはしなかっただろう。万が一、私がどこかでたまたま静に声をかけたのだったとしても、実際の母娘とは知らないまま、緑と同じ離れ気味の目に引きつけられたからだろう。

「いまの若い人がやくざ映画観たらどう思うだろうね。それは興味あるよ。」

「興味。結局、あれですよね、一定年齢以上の男性から見た若い女性っていうのは、興味の対象でしかないんですよね。昔の映画とかの、おっさん世代のスタンダードを私たちが受容した時って特に。いまどきの若いコがやくざ映画なんて興味深い、文学やってるのも興味深い、ちょっと政治の話すれば興味深い。私ら別に、男性の興味のために生きてるわけじゃないんで。だいたい人が人に興味持つとかって気持悪くないですか？　興味ない、なら分りますけど。好きか嫌いか興味なしか、そのくらいでよくないですか、人間関係って。」

俺に興味はないってことか、そして勿論、好きなわけはない、と昼酒の酔いに任せて言おうとし、

「でも、一度観てみればいいよ。『仁義なき戦い』とか。ネタバレになっちゃうけど、原爆のきのこ雲の場面で始まるんだ。やくざ映画と原爆って、それこそ興味深いんじゃないか。」

「え。てか、それ、ヤバくないですか？　やくざに原爆って最悪の組合せですよね。それを名作扱いっていうんなら、完全に狂気の価値観。」


森戸について緑はあれから何も言わず、曲り角で話す姿も続いていた十月初めの昼休み、二年三組の出入口に三年生の女子生徒が三人立った。それぞれ持ってきた弁当や購売で買ったパンを食べ終え、グラウンドへ遊びに出ようかどうしようかという頃合だった三組は、授業並みに静止した。

「真木山っていう子、おる？」

クラスの視線が三年生から自分へと反転する中、緑は背筋を伸ばし、手許の小さな弁当箱を、まるで見られてはいけない危険物のように素早く片づけ、立ち上がった。

「あんたなん？　ちょっと来てくれる。」

緑は視線という視線を引きずって歩き、廊下へ出、戸が閉まる。対象物を失った視線たちが声に切り替って推理を始める。何人かは様子を見るために廊下へ出る。仲間内の会話だったものが不意に私に向って、

「田中、行ってやらんでええんか。」

「こういう時、男の出番やろうがねっちゃ。」

顔に血が上ったが、立ち上がりはしなかった。赤くなるほど恥じたのは、行ってやれとか出番だとかの直接的な言葉もだが、三組中が緑と自分のことを、そんな風に言うほど接近した関係だと認識していたことを、知ってしまったためだった。一緒にいる時間が多くなり、二人で図書室へ行くまでになっていたから、さすがに隠せはせず、これまでにもからかわれることはあり、なんといっても私自身、三島が好きなのはあいつが好きだからかと緑に訊いたくらいだから、十分に意識してはいた。だからこそだろうか、この場面で周りから言葉を浴び、戸惑った。胸の内にあった緑への感情と意識が外部へ引きずり出された。笑いものにされた。

緑が三年生に呼び出された余韻が残りながらも、昼休みを有効に使うために多くの生徒がいなくなったあとの教室で、私は本も広げず図書室へ行きもしなかった。自分は何をや

っている。何もやっていない。やろうとしていない。緑が呼ばれて立ち上がったあの時に、止めておけばよかったのか。もしそうしておけば、何かが、どうにかなっていたかもしれない。それがなんなのかもよく分からない何かが。

廊下で様子を見ていた男子が窓から首を突き入れ、教室に残った誰にともなく素早い手招きをした。全員が席を立つ。私は一番あとから廊下に出た。

曲り角。背の高い男子生徒。取り囲んでいるさっきの女子たち。手前で固まっているうしろ姿。

三年女子が何か言い、森戸が首を小さく横に振る。やはり誠実な仕種だと感じられる。女子がまた早口に言い、森戸が前よりも大きく首を振る。冷静で、強い意思の籠もった動きだ。

別の女子が緑に近づき、何か言う。緑は黙っている。相手がさらに詰め寄り顔を接近させ、肩を乱暴に摑む。揺さぶる。緑がはっきりと体を捩《よじ》って肩を奪い返した途端、相手は緑の胸を強く押す。自分に絡んでいた女子をかわした森戸が、緑と女子たちの間に入り、さっきまで強く摑まれていた肩に手を添える。緑は女子たちの方からこちらへ向き直る。頰が赤黒く染まっている。いまになってやっと呼吸が乱れてきたらしく、肩が大きく上下する。なおも食い下がる女子たちは今度は森戸の腕を摑む。森戸は攻撃を受けながらも、緑を守る立ち位置は変えない。

遠まきの見物も含めて誰もが無言の中、女子たちは手を離すと森戸の肩越しに、緑に何か言い、角を曲って消える。森戸が緑の背中に手を当てて言葉をかける。まるで自分を誇っているような、またそうでもしないと立っていられないといった強い目つきの緑が森戸に首を振ってみせる。手が離れ、こちらへ歩いてくる。何も出来なかった私は席へ戻る。

三組の教室に帰還した緑は、頬の色を保ったままだ。

誰も近寄れないうちに昼休みが終る。

放課後の帰り際、緑が、

「図書室。」

頬の色はさすがに落ち着いていた。

階段や廊下そのものを足首で引きずる感覚で私は歩いた。いまさら緑についてゆかなくてはならないのか？　森戸との間に、たぶん本の貸し借り以上のことが起きた。だったらいまの自分はなんのためにくっついてゆくのだろうか？　だが頭で考えるこういった疑問よりも、あんなことがあったにもかかわらず緑が声をかけてくれた喜びの方が数倍大きかった。三年生の女子たちとの間に男をめぐっての騒動が持ち上がった超有名人から、いつも通りに図書室への同行を命じられる。まるでスキャンダル渦中のアイドルからたった一人頼りにされているファンの気分だった。自分はいまのところ、緑の恋人なんかではない、森戸に比べれば。だったら緑に一番頼りにされる、恋人よりも身近な、恋人になれない男でいいじゃないか。

ひとけのない図書室で事情を話す間、緑は泣くことも混乱することもなく、時々笑い、俯《うつむ》いた拍子に額にかかる髪に、激しく頭を振って抵抗した。

森戸とは、高校に入ってからは彼の陸上部の練習が忙しいこともあって距離が出来ていた。それが夏休みの初め頃、職場が同じ親たちが、他の家族も混じえてのバーベキューをやった。そこで久しぶりに小説の話をし、三島をすすめられた。前にも、面白いから、と聞かせられていたが、読むのは今回が初めてだった。夏休みのうちに何度か会った。花火大会にも一緒に行った。毎日のように電話し、双方の家族公認という感じになった。二学期になってからも、夏休みに再開された、というより更新された感情は途切れず、廊下の曲り角で話をするのも、勿論全く人目につかないと思っているわけではないが、特に周囲に見せつけるとか優越感に浸ったりというのではない。ごく自然に話しているだけだ。しかしやはりそうは見えなかったらしく、今日乗り込んできた三年の女子たちは、別に森戸のことが好きだとかつき合っているとかではないが、二年の女子が、背の高さと端整な目鼻と陸上部という要素で当然のように女子たちの視線を集めてはいるらしい森戸と、三年生の教室に近い場所で毎日、堂々と会っている、いい度胸をしている、つけ上がる前に釘を刺しておこう、ということだったようだ。

「なんか言われたんやろ。」

「よう覚えとらん。どうせたいしたことやない。」

「なんか、腕、摑まれたりしよったけど。」

するとと目を大きく見開いて急に笑い、

「あれ以上なんかされたらマジで嚙みついちゃろうって思いよったけど、半端なやつらやったわ。」

震えながら言った。肩に手も置けなかった。

廊下の曲り角で話す姿は消えた。緑はそれまでよりも私との距離を縮めてきた。一緒にいる時間が長くなった。緑は三島を、少なくとも私の目につく場所では読まなくなった。森戸から遠ざかった緑と、私とは、もはやクラスのからかいの対象にもならず、完全な両想いの関係だと見られていた。上級生からの恫喝に屈して緑が森戸から離れたというのが実態なのかもしれないのに、二年三組内では、自分たちの関係を守った二人として祝福されているといったところだった。緑と喋っている最中は、そのような目で見られているのだと意識した。嬉しかった。鼻が高かった。森戸や、同級生や、誰彼に対して、ザマーミロ、と胸の中で何度も叫んだ。

帰宅し、夜、自分の部屋で一人になると、昼間のうかれ方が全くばかばかしい、偽物の感情に思えた。緑に、だまされているのではなかろうか。森戸とは、少なくとも廊下では会わなくなったというだけであり、二人の間が隔ったのか変っていないのか、分ったものではない。それに、これまでの関係がどの程度のものだったか、何から何まで緑本人が説明したわけでもない。簡単に聞かせられてはいる。親が同じ職場で、子どもの頃からの知合いで、小説のことを教えてもらって……

本当にそれだけかもしれない。

は、それだけだって？　どこまでおめでたく出来てるんだお前は。たったそれだけでいけしゃあしゃあと廊下なんていう人目につくところで会ったりするわけないじゃないか。たったそれだけだからこそあんな風に会ってたとも言えるんじゃないか？　本当につき合ってたらあんなところで会わないだろ。

だったらどこで会うんだよ。

どこで……

人目につく廊下じゃないんだとしたら、二人切りで会ってるかもしれない。本当に、深い関係だったらな。

何もそんな、変な意味で言ったんじゃない。

別に変な意味なんかじゃないだろ。人が見てるところじゃ出来ないことをするために、誰にも知られない、誰も踏み込んでこない二人だけの特別な場所で、特別なことをする。

うるさいっ。

自分に当ってどうする。学校でお前といる時間が長くなった分だけ、学校以外の場所で秘密の時間を過しているかもしれない。それが始まったのは夏休みの最中かな。太宰治なら、とんだそら豆ってところだが、この場合はとんだバーベキューだったってわけか。

「なんですかそら豆って。」

「『人間失格』に出てくるんだけど、覚えてない？」

「覚えてるの前提、読んでるの前提で言うの、やめてもらっていいですか。」

恵比寿の、静に言わせると全然恵比寿っぽくない残念な居酒屋。

「読んでない？」

「だから、」とビールジョッキを持った半笑いで、「私は読んでますけど、大学で文学やってるから太宰くらい読んでて当然だろ、まさかと思うけど読んでないわけないよなあって態度、それ傲慢、てか、作家の立場でですよ、学生相手にその言い方ってマジきついですよ。」

「ごめん。」

飲みかけたビールを吹き、

「逆、逆です。きついの、私じゃなくてそっち。えっとだから……」

「ああ、うん、分るよ。お前のそういう態度は全然駄目だ、常識的にあり得ないって意味の、きつい、ね。」

「別にお前とか言ってないですけどゴシャクとしては合ってます。」

「……あ、語釈ね。」

「使い方、間違ってます？」

「ずいぶん硬い言い方だなと思って。大学生ならではなのかね。」

「喋り、づらいですか？　これでも一応、気を遣って、田中さんがわけ分んなくなるようなワードは言わないようにしてるつもりですけど、それでも、喋りづらいですか？」

私に向ってそう言った目線が、酔いもあってか下がった。

「時々言われます。難し過ぎるとか話の展開早過ぎるとか。そういう忠告を、友だちが、私を傷つけないようにしてくれてるのが分ります。時々言われるってことは、私のいないところだとどんな風に話のネタにされてるんだろって思って、いやなんです。いやっていうか、ちょっと怖いんです。」

「しかしね、いまのあなたくらいの年の人たちは俺なんかの若い頃と違って、ハラスメントだとか、人間関係上のそういうことには敏感だから、本人がいないところで好き勝手に言ったりしないんじゃないか。それにあなたの喋り方は、そりゃ俺からすればなかなか論理的というか頭の回転がかなり速いという気はするけど、別に悪い感じはしないし、むしろ真面目に話してるのが分る。」

「親でもおかしくない年齢で男性で作家でスマホ持ってなくて、それで母となんかあった人だっていう、そういうのを全部意識して、失礼にならないように、逆に上から説教みたいなことを田中さんに言わせないように気をつけて、お互いのパーソナリティーを踏まえて会話がちゃんと進んで、そんで、なんていうか、」ビールを一口、「いえ、無理なんかしてませんから。無理して飲んでないし、無理に飲まされてることにもなりませんから。ええ、だから、私たち二人とも、変に偉そうにしたり、相手の負担になったりしないように、すべきですよね。少なくとも私は自分のためにも、生意気ですけど田中さんのためにも、かなり気をつけて喋ってます。これが大学の友だち同士だと、勿論最低限傷つけないようにに心がけはしますけど、いまと比べると、やっぱりどっか緩んでるでしょうし、そういう時の私の喋り方で誰かが万が一傷ついてるんだとしたら、私のいないところで、その傷ついた誰かが、私の喋りが分りづらいってことを、私を貶めるのではない形で他の友だちに相談してるとしたら、それを止める権利を、たぶんですけど私は持ってません。てか、持ってるか持ってないかを判断する資格自体がない。権利がないって決める権利そのものがありません。でも、どこかでそういうこと言われてるとして、傷つくか傷つかないかだったら、傷ついてることには、なるかな。」

一区切りついたらしいので、氷が溶けて薄くなった焼酎にやっと口をつけ、

「いまの若い世代は大変だな。ひたすら真面目じゃないと勤まらない。法律の専門家みたいだ。息苦しそうだ。」

「印象だけで息苦しいって言うの、失礼ですよね。」

「失礼だね。」

タコカラ、ポテサラ、シシャモ。焼酎、焼酎。新しいビールを注文し、スマートフォンを見ている。緑と同じ目。

「見過ぎです。」と目を上げて、「そんな驚かなくてもいいじゃないですか、いままで散々ガン見しといて。」

「いままでも、か。」

「も、か、じゃなくて、いままで。ほら、またそうやって笑う。年下の女が、作家っていう割と特殊な立場の自分に噛みついてくる、なかなかかわいいじゃないかってとこですか。いえ、いまさら謝らないで下さい、田中さんに見られるくらい別にいいですから。害、なさそうだし。言っときますけど奢ってもらってるからじゃありません。あと、いまはいいですけど別の時だったらいやかもしれませんから忘れないで下さい。それから、文学やってる学生が全員、作家にならどんだけ見られたっていいって思ってるわけでもないですから。でも、いまは、見られてもいいです。」

「どうして、って、訊いても大丈夫かな、こういう場合。」

「大丈夫かなって言うのもかなり卑怯ですけど、いいですよ、少し酔ってるから教えてあげます。いまの、こういうのが、すごく変な状況だからです。何やってんだろうって、ひいっ、自分でも思うくらい、変だからです。ひいっ。だ、じょぶ、ほんと、大丈夫すから。だって、変ですよね、てか、私自身が十分、変だと思ってるんで。ママとパパのことか、ママの高校の頃とか、正直、どちゃくそどうでもよくて、だって私はこうやってちゃんと生きてんですから、ママがどうなろうが田中さんが作家だろうが、父親かもしれな、じゃなくて父親だったかもしれなかろうが、どうでもいいじゃないすかほんと、ママの昔の話ほじくるのとかほんと。なのに、まだ話、聞きたくて、すごく変。だから、それと比べたら田中さんに見られるの、変じゃないです。似てんだし。見たり見られたりしてるうちに、人間て死んじゃうんだし。」

「死ぬなんて簡単に言うもんじゃない。負担になるようだったら、会うのはもうやめようか、って俺の方から言うのは駄目だよな、話を聞かせてくれってそっちが先に言ってきたわけだから、やめようかって提案する権利は、俺にはない。」

ビールジョッキを持ち上げたまま眉間にふざけた皺を作り、重々しく頷き、

「よろしいよろしい、なかなかよく分っとるじゃないかね。」

だが一口飲んでジョッキを置いた目はもう笑っておらず、

「田中さんは私と会うの、迷惑。」

そう断定したのか、迷惑？　と問いかけているのか、声音だけからは分りかねた。

「まだ喋ってて大丈夫か。明日、大学とか、バイトとか。」

「いまのってちょっと、父親っぽく言っちゃってないですか。てか、男の人っぽいっていうか、はっ、男の人だってェ。男の人って言いましたよねいま。マジ、ウケるんだけど、言いましたよね。ママもそう言ってたな、男性じゃなくって、男の人って。」

ドラマ版の『阿修羅のごとく』で、男じゃなく男の人って言いなさいという意味の、姉役のいしだあゆみの説教に、妹役の風吹ジュンが面白がって笑う場面があった。森田芳光の映画版で姉妹を演じた深津絵里と深田恭子の間に同じやりとりがあったかどうか、覚えていない。向田邦子って知ってるかと訊く前に、また目を大きく見開くと、

「ネットで見たんですけど、十一月に下関で講演されるんですよね。母に、行くように言っときますね。」

「いや……」

「来てほしいでしょ、会いたいでしょ。ね、ね。うわー、ちょっ、待っ、分りやす。完

璧、顔に出てますよ超会いたいって。ですよね、なんつったって娘より本人ですよね。で、どうなりました、そら豆は。」

緑が森戸と廊下の曲り角で会うことはその後もなかった、というより、ずっと私と一緒にいるようになった。いったいそれがどういうことなのかを深く考えもしなかった。三島由紀夫も森戸と一緒に、緑の手許から消えたままだった。だからなのか、私は安心して『仮面の告白』を図書室の本で読み、感想だか印象だかをとりあえず言ってみた。初めのところの、神輿の中に闇がある、というあたりはいいと思ったが全体的にあまり読みやすくはなかった、自分の体を見て自慰をするとか男の同性愛だとかになると遠い世界だ、本文の前に『カラマーゾフの兄弟』からの引用が置かれているが、ドストエフスキーとはまた別の意味で自分はついてゆけない、なんでこの作家が川端康成の弟子だとされているのかも分らない、そして、腹を切り裂き、仲間が三島の首と胴体を切断した、という死に方については、自分たちが生れるわずか二年前に起ったことだとはとても信じられない……ついてゆけない、分らない、信じられない、ないないない、と何度も情なく言ってみせるだけだったが、私は十分に満足していた。三島の小説を、こんな風に理解出来なかった、こんな風に遠く感じた、と消極的に言ってみせることで、逆に緑の気持をいままで以上に引き寄せられるのではないか。何もわざと、ないないないと言ってみせたわけではなく、本当に分らなくて本当に信じられなかっただけであり、一つの小説についてそこまで、分らない、と言い切ってしまえば、何、そんなことも分らんで本、読みよるん？　と言ってくれるのではないか。離れ気味の目と目の間に皺を寄せ、ちょっと顎を突き出してそんな風に言うのが緑だった。その言い方が、私は好きだった。

だが私のひどく情ない三島への感想に対する緑の態度は期待に反した。

「そうなん、分らんかったんや。田中にはやっぱり、こういうのは合わんのやろうねえ。三島みたいなんやなくて、もうちょっと静かな、覚めとるようなんがええんやと思う。作家本人が、三島みたいにムキムキかどうかは関係なしに、小説自体が、小説の内容やなしに文体が、綺麗やったらそれでええっちゅう感じなんやないかと思う。ほやけえ三島やないで川端康成が、川端の小説が好きなんやない？」

「分らん。そんな風にいろいろ言われてもよう分らん。川端康成がこんな風やけえ好きで、三島由紀夫がこんな風やけえ嫌い、とかは言えん。なんとか主義とか、なんとか派とかも、区別つかん。白樺派が印象派を誉めとるっちゅうけど、なんで作家が絵のことを言うんかもよう分らん。」

「やけど川端康成が好きな理由はあるわけやろ。」

「でも、それも、理由っちゅうよりは、いままで読んだ他の本とか、教科書に載っとる小説と比べて、なんとなくええなって思うだけやから。」

「じゃうちのことも、他の女子と比べてなんとなく好きなん？」

「ちょっ、ちょっ、ちょっ、ひいっ、盛ってますよねいまの。いや、酔ってるから言ってるんじゃなくて、だってそれはないでしょ。本がなんとなく好きなら？　自分のこともなんとなく好きか？　いくら昭和の人同士の会話っつったってね。」

ね、と持ち手ではなくジョッキ本体を摑み、人差指だけ、銃口みたいにこちらに突き出す。

「でしょ、盛ってますよね、話。てか、いまのだけじゃなくて、田中さん、ひょっとして、いままで、私のこと、だましよったんですか？」

「お。」

「いや、そりゃ出るやろ方言も。」

「だましてないよ。盛ってない。話してきたお母さんとのことは嘘じゃない。何から何まで全部、言葉の端々まで正確に思い出せるわけはないけど、嘘は言ってない。」

「って言われても確めようがないですけど、でも、正確に思い出せないってことは、嘘かどうかも確めようがないってことですから、とりあえず、続けてもらえます？」

「時間、いいの？」

「まだ食べていいですよね。」

カマス塩焼、鳥皮せんべい。


「は、なんて、よう聞えん。」

「ほやけえ、こないだの答やけど……あー。」

市内の古い遊園地で、空中を巡る細いレールの上を二人で並んでペダルをこぐ方式の乗り物が、カーブに差しかかり、空に放り出されそうで怖くなって、私は声を上げたのだった。

「あんた、ちょっと、ちゃんとこぎいね、ほら、ほら。」

うしろで詰っている次の二人組みが、行って下さーい、行って下さーい、と笑いながら言う。ガラガラと怪しい音を立てて進む。さっきより大声で、

「確かに他の女子と比べて、なんとなく好きっちゅうことになるんやろうなあって。」

「ん、何が。」

「こないだ訊いたやろ、なんとなく、好きなんかって。」

「そうやったっけ。よう覚えとらんわ。好きって、なんのことが。」

「は……」

川端康成の小説がなんとなく好きだと言う私への、だったら自分のこともなんとなく好きなのかという先日の質問に、なんとなく好きだ、と、精いっぱいの背伸びで、上から言ってみたのだ。そういう口のきき方に酔ってみたくて、また女と二人でいるというのはそういう酔いの体験そのもののことかもしれないと思いながら、なんとなく好きっちゅうことになるんやろうなあ、と十分に偉そうな言い方をわざとしてみせた、それへの緑の答がこれだった。

私はとりあえず、緑が自分のした質問を本当に忘れてしまったのだと思った。つまり思おうとした。好きか好きでないかを緑が、決してはぐらかそうとしたわけではないのだ、森戸のことをまだ引きずっていて、それで、自分でした質問も、よく覚えていないのだ、しかし、だとするとやはり、緑は森戸から完全に離れてはいないのだろうか、何より自分もまた、森戸の姿を忘れられないでいる……

海辺の遊園地には水族館が併設されていた。イルカとアシカのショーがあった。客席に多くいる小学生と変らない、ちょっと不自然なほどの歓声を、緑は上げた。私も、子どもの頃に母に連れられてきて以来だったから、一緒になって声を出した。手を叩いた。人間の合図で水面に飛び上がり、ボールや輪を受け止め、鰭《ひれ》を振ってみせる哺乳類たちを無邪気に眺めているのが、恥かしいながらも心地よかった。餌をやらないぞ、という意地悪な演技をしてみせる飼育員に、それならこっちも芸をしないぞ、とそっぽを向く姿勢で応えるアシカを、緑はほらほらほら、と片手で指差し、片手で私の手首を摑んだ。私はもう、手と手が触れ合うことに緊張しなかった。いつ頃までしていていつしなくなったのか覚えていなかった。過去と呼ぶにはあまりにも近いこれまでの時間を、思い出したり気にしたりしなかった。

いまだ。いまここでイルカとアシカを見ている。子どもたちに混って、子どもみたいに声を上げる。天気がいい。水しぶきが光っている。楽しくないことは何も起らない。いまのいま、ああやってアシカが間違ってボールを落してしまった光景さえ、緑との時間に欠かせない大切な出来事だ。アシカは緑と私のために失敗し、私たちを喜ばせるために再度挑戦し、成功した。同じ観客席で同じ方を向いて拍手をしている家族や、自分たちのような二人連れたちまでもが、アシカの失敗や成功と変りなく、緑と二人だけの時間を勝手に形作ってくれていた。見えるもの聞えるもの、自分たちのために存在し進行する全てが、輝いているのが分った。私はこの時、生れて初めて、ほとんどこの世に感謝していた。ショーが終り、席を立ち、イルカが水をはね飛ばして濡れている場所を歩かなければならず、滑って転ばないように私が手を差し出すのと緑が握るのとが、全く自然に行われて快かった。少なくとも私には、何も不自然ではなかった。ここでもやはり、イルカは私たちのためにこそコンクリートを濡らし、私はイルカの努力を無駄にせず手を差し出したのだ。ありがと、と平然とした声の緑を、この世界のこの場所で、腕に力を籠めて引っ張った。女の体に対してそんな風に力を使い、女の体を動かしたのは初めてだった。手が離れた瞬間は、何か恐ろしく重要で高貴な、誰しもが果せるわけではない特別な一仕事をやり遂げた気分だった。

巨大なトドは芸を仕込まれることもなく、人工の岸辺で空を見上げていた。泳ぎ歩き眠るペンギンをかわいいかわいいと、緑はプールの前を暫《しばら》く動かなかった。

屋内の展示スペースで、円筒形の大きな水槽に、鋭い銀の回遊魚の群が動いていた。

南米のピラニアやアロワナ。エンゼルフィッシュ。

「この子たち、アマゾンから直接連れてこられたんかねえ。」

「さあ、そうなんかなあ。」

「運ばれてくる途中でだいぶ死ぬやろうねえ。」

「そうやなあ。」

「でもそれならまだええ方やん。」と緑は言った。「この子ら、連れてこられたんやなくて、日本で人間が繁殖させたやつかもしれんやろ、もしそうやったら、なんか残酷な気ィする。無理に連れてこられてここで泳いどる方が、人間の手で殖《ふ》やされるんより、なんか安心する。運ばれてくる途中で死ぬんならもっとええ。」

「死ぬんが？」

「なんか、拒絶しとる感じがする。人間の手で捕まえられて、コンテナに詰め込まれて、無理やり他の国に連れてこられるんを、拒絶して、死んでくっちゅう気ィする。」

「拒絶か。でも、別に自殺っちゅうわけやないやろ。」

水槽を真っすぐ見たまま、

「そうやね。自殺やない。自殺も他殺もない。死なんまんま連れてこられて、でもここで餌もらいよるうちにここの生活に慣れてしもうて、卵産んで子孫が出来て、日本生れの熱帯魚っちゅうことになって、また卵産んで、どんどん増える。自殺せんで、そうやって生きるんが、幸せなんかねえ。」

私が言った自殺という言葉から、緑は川端康成や三島由紀夫を連想しているのかもしれない。考え過ぎか。

緑に確めはしなかった。拒絶も自殺も、楽しいこと以外のものが入り込む余地がない筈のこの場にふさわしくない言葉だった。だが間違いなく緑は拒絶と言い、私は自殺と言った。はっきりと言った。ふさわしくない言葉はどこから来たのか。

私も緑も黙っていた。せっかくの二人だけの時間が、完全に無駄な時間になってしまいそうだった。素晴しい食卓の最後の最後で、料理に混った砂を嚙んでしまうように、終りそうだった。

閉館時間が迫っていた。出口へ向って暗い水槽の前を通り過ぎた。タカアシガニが長い脚で自らを磔にしていた。珊瑚や貝だけの、動きのない水槽があった。鮫という名を持つのに、砂の上にじっと動かないかたくなな魚がいた。

リュウグウノツカイの長い剝製《はくせい》と、小ぶりな鯨の骨の標本の先が、出口だった。緑は、

「死体と骨よね。死体と、骨。」と順に指差し、「これもやっぱ、人間がしたこと。どっかに打ち上げられたんか網にかかったんか、それやったら海に流して魚とか蟹の餌になるんがええのに、死んでからもこうやって勝手に使われよる。この魚と鯨は自分の死体を、いまうちらが見よるみたいにして見られるわけやないんよ。ほやけど、これはこうやって勝手にここに置かれとるやろ。自分のことも見られんし、これを見よるうちらのことも見られん。周りから見られるばっかりで、自分の方からはなんも見られん。これからもずうっとこのまんま。かわいそうやわ。」

緑の言っている意味がよく分らなかった。

「かわいそうって言うたらなんもかんもそうやろ。さっきのイルカもアシカも餌、貰うために芸させられよるし、他の生き物も全部ここに閉じ込められとることになる。ほやけどさ、ほんなら人間に捕まらんで、人間の手で繁殖することもないで、完全に野生の状態で、一生人間と関係ないところで暮しよるアシカがさ、いまこの瞬間に太平洋のどっかで鮫に食べられよるんやとしたら、かわいそうやないんか。その前に人間の手で捕まえられて水族館に入れてもろうて、そこで子孫増やすのが安全で幸せかもしれんやろ。」

緑は剝製と標本を見ていた。私は、どうすればいいだろうかとその緑を見ていた。何が不安なのかも知らずに、ただ不安だけがあった。他の客たちは、閉館を知らせるアナウンスに押されて傍を通り過ぎてゆく。家族連ればかりが目についた。緑と結婚して家族を作る時が――

「安全で幸せ、安全で幸せ、安全で幸せ、そういうんが本当に一番ええと思う?」

「魚とか、動物にしてみたら、その方が……」

「じゃ、田中はどうなん。安全で幸せなんがええん?」

私を強く見ている目と、緑の言った言葉、両方の意味とも、分らなかった。なんでこんなことになってしまったのだろう。少し前までの、ただ楽しかっただけの自分はもう遠かった。思わず緑の手を握ろうとしたのも、さっきまでの自分を握りたかったのだろうか。手が触れた途端、緑の目はもう一段強くなったが、すぐに諦めたような、ふやけた笑いに変り、鯨の骨を見た。私はそれを利用して思うさま、これまでになかったずうずうしさで緑の手を、指の一本一本、それぞれの股まで、しゃぶり尽すみたいに弄《いじ》り続けた。手は逃げなかった。自分が楽しいかどうかは判断出来なかったが、気持がいいのには違いなかった。引き寄せた。緑が目の前に大きくなった。下半身は信じられないくらい急激に反応し、射精するのではないかとさえ感じ、瞬間、それでも構わないと思った。唇に唇をぶつけた。初めてだった。ぶよぶよだった。

だらしなく手と手が離れ、外へ出た。下半身は硬直を解き始めていた。

それからは、下校の時も、電車で通学していて本当なら駅へ行く筈の緑は、バスに乗る私にわざわざついてきて、ファストフード店に入ったり、停留所のベンチで缶コーヒーを飲みながらバスを何台かやり過して小説の話をしたりした。コーヒーって苦いもんやな、と正直に言うと、ほんっと子どもやね、と笑った。周囲の生徒たちの視線を十分に意識し、堂々と手を振ってからバスに乗った。窓硝子《ガラス》越しに必ずもう一度目を合せた。

逆に、私が駅まで送ってゆこうかと言っても、緑は決して許さなかった。なぜ駄目なのか、その方角に駅と電車以外の何が待っているのか、想像する以前にはっきりと見える気がしていた。

だが実際に見たわけでもなく、緑の方から私が聞きたくない告白をするのでもなかったから、いまだにつき合っていることにはなる筈だった。筈、ではなく本当に両思いなのだ、つき合っているのだ、大丈夫だ、何が大丈夫で何が大丈夫でない可能性があるのか、考えるのが怖かったが、とにかく、とりあえず、絶対にとりあえずは大丈夫だ、と信じた。自分自身に向って信じた。自分だけで自分だけを信じた。この焦りに焦った弱々しい信心だけが頼りだった。私はいわば、私自身と恋愛をしているも同然だった。

勿論、緑はいつもいた。昼休み。放課後のバス停。硝子を通して別れたあとの空想の中。よけいな誰かに邪魔されない、ぬくぬくとした空想の中。

時には二人でバスに乗り、私の家がある停留所を過ぎ、海辺で降り、夜になる直前まで歩いた。遊歩道や公園などではなく、魚のにおいが濃く漂っている漁港の脇道や、造船所の裏、倉庫の群の間だった。夕暮が来て、人の目が届かなくなる闇を見つけると二人で没入し、素早く唇を合せ、そこでずっとしたいようにしていればいいものを、なんとなく所在なくなって、なのに慌てて歩き、また次の闇を性急に探すのだった。頼りない防壁である闇の中で、手を握って指をまさぐり、肩を強く摑んで引き寄せ、両手で頭か頬を挟みつけ、緑は痛っ、と一旦離れたあと、私の興奮と腕力が収まるのを待ってもう一度顔を近づける。今度は出来るだけそっと手を添えようとする。だが体に触れ、髪の匂いに包まれると、乱暴な力が復活し、緑を失ってしまわないように背中に腕を回し、するともう抵抗はなくなった。水族館で初めて感じた何かの諦めがここにはあった。緑が私の手の力を許しているのではなかった。あるいは、許すことそのものが諦めであり、さらには、私を許しているると見せかけて気持は別のところへ飛んでいるのかもしれなかったが、緑の体に触れているのだから気持のありかはどうでもよかった。闇の中で、緑の口に、腕や手の何倍もの熱と勢いの舌を差し込み、下半身の硬直を味わった。射精なんかしないのは分っていた。唇の先にあり、また両腕の中に納まってもいる緑が動かないのはこの自分をいやがっていない、どころか受け入れている証拠、好きである証拠だ、ついこの間まで女と二人切りで時間を過したこともなく、一生女に触れられないままなのだと決めかけていたみじめな男を、この女は受け入れている、どれだけ口が口を貪っても許してくれている、私だけのために動かないでいてくれる、私に、従っている、自分はいま、何もかもを思い通りに出来ている、完全に、完全に……時には、唇の接合を支点にして大胆に全身を撫で回し、向って縛り上げ、溶かし込み、唇で吸い取ろうとした。いくらか背が高い緑の全身を私自身に摑めるものは摑み、こすれるものは全部こすった。食べているかのようだった。緑を食べ尽す、緑をこちらの体の中に移し替える、緑と自分が一体になる、自分だけになる、自分で自分に興奮する、そのためだけに緑を抱きしめている、なのに緑はまだここにいる、まだ消えない、まだ食べ切れない、緑はまだこちらのものにならない。

といったことも、きっと闇から出て緑の体と離れ離れになってから考えた、というより言葉にしたのであっただろう。この頃、日記をつけていたわけではなかったが、ノートに時々、文章を書いていて、緑とのこともそこに混ぜていた。

作家というのは、別の世界の天才たちでしかなかった。小説でもなく詩でもない、文章になっていない言葉の列がノートに並んだ。通学のバスから見た街並や、母との会話や、忘れられない夢、などが元になっていた。緑とのことになると、実体験をやがて離れ、意味不明の場面が続く。誰に読ませる予定もないのに直接的な表現が恥かしく、一見すると女と会っている場面の描写だとは全然分らない部分もあった。緑を、空模様や海辺の風景に譬《たと》えたりした。緑は時に本になり、弁当箱になり、滑らかな毛並の猫になり、また石ころにも変化した。ノートに書かれ、徐々に広がってゆく世界は、緑らしからぬ怪しげな緑たちで溢れた。

そのノートの世界に、時には自分と緑が薄闇を味方として唇を重ね、抱き合う場面を差し挟んでみるのだった。学校帰りに唇を交したその日は体の興奮が去らず、ノートを開くどころではない。緑がバス停までついてくるでもなく、学校の門を出るところであっさり別れてしまった日にこそ、現実の体験を、また現実だと装った文章を、興奮が覚めたあとの論理と客観性のもとに、書くのだった。緑を食べ尽せないとか、まだ私自身にならないとかが、果して論理的かどうかは疑わしかったが、読んだ小説にかぶれ、遥か遠い宇宙の天才たちをどうにか真似てやろうと目論んでいる高校生が、ノート数行分の自己満足を得るのであれば、これで十分だった。

安全で幸せなんがええん？　のような私にとっての謎の言葉を、緑はもう言わなかった。だが、手を握っても唇を近づけても拒まない緑を安心して引き寄せながら、この一見すると思い通りで抵抗のない接触は、快さはそのままに、不安だった。手を握り唇を合せた二人は、これから、何をどうするべきか。男と女の体がどういう構造で、それをどのようにすれば体と体が結ばれるのか、同級生との会話や保健体育の授業などから把握してはいた。ゴムのつけ方や女が初めての時にどのような痛みを感じるかは分らないし分ろうとしないくせに、途轍《とてつ》もない快感がやってくることだけは期待し、確信してもいた。緑ではなく自分自身への巨大な期待だった。自分の指でするのとは比較にならない、完璧な、人間が味わうあらゆる感覚の中で最大最高のものが、体を襲い、満たす。自分の快感に自分で驚き、喜ぶ。これまでの十七年の人生で体験した全部を束にしてもまだ足りない、全部を引っくり返すほどの快楽。本当に自分に出来るのか。体をうまく使えるだろうか。

そして、緑の目には、本当に私一人しか映っていないのだろうか。あれから、何もないのだろうか……

　緑の手を、それまでより強く握るようになった。映画館の暗闇で。光も人目もある公園で。まるで、いつか離れてゆくと決っている緑を逃がすまいとするかのようだった。握る。握っている。次の瞬間にはすり抜けてしまっているかもしれない手が、まだある、まだここにある。嘘だ。逃げる。ほら、もう逃げようとする。だから握って、握り潰そうとする。潰れ切って、逃げる。逃げた手は、誰の手を握るのだろうか。誰の手であれば逃げないのか。それは、安全で幸せなだけの手ではないというのか……


　十二月になり、三年生は、早い生徒だと推薦での受験が始まっていた。二年生も進路を具体的に考えなくてはならない、というより成績のいい生徒たちは、私などが思いもしない高い水準の大学の名を、決して強がりや見栄ではなく、手の届く目標として口に出した。地元か隣県の国公立を考えている、という適当な私の言葉を母は、あんたが決めたんならええんやないかねえ、と頼りなく肯定した。

「ほんなら一応、そういう進路でええね。」

「ええもいけんもないわあね、あんたが自分で決めたことやろ。男が一度決めたんやけえ。」

父が早くに死んだ息子に対して母は、男やから、男のくせに、とよく言った。なるほど、これは男が決めたことになるのか。自分がではなく、自分の中の男が勝手に決めた。そういうことにしておこう。それでいい。この話はそれが結論だ。

将来どころか、目の前の進路にさえこの程度の意識しか持っていなかった。とりあえずの目標として定めたいくつかの大学に実際に入る姿は、想像も出来なかった。その後も想像出来ないまま、大学受験に失敗し、引きこもりになる。

緑への不安と焦りは増していた。このままだと何も確められずに冬休みに入ってしまう。不安に動かされて書くノートの中で緑はやがて、ある一人の男を追い詰めるようになった。私ではない。現実には存在しない人物だ。ノートの中だけの、ノートと鉛筆のためだけの、戸籍も国籍も名前もない、顔さえ誰にも知られていない、どこにもいない男。書いている私自身でさえ、この男のことはよく知らない。もっとも初めのうちは、具体的な、実在する男を当て嵌めてはいたようだ。だがすぐに、男から名前も顔も奪ってしまった。それは、自分でも意外だが、罪悪感が原因だった。ノートの中でこの男が取ろうとしている一つの行動が、あまりに現実離れし、同時に酷たらしいからだった。ここには矛盾があった。初め、実在するその男だからこそ、また現実の中で痛めつけようがないからこそせめて、ノートの中でやり込めたかった筈なのだ。それが、下手な描写となんの真実味もない台詞で書きつないでゆくうち、いくら想像上の物語とはいえこの男に辿らせようとする末路があまりに悲惨だったために耐え切れず、慌てて架空の人物にしてしまった。

緑は、そのまま緑として書いた。緑は、死なないからだ。男だけが、死ぬからだ。物語の緑は男をこうそそのかし、追い詰める。わたしは、三島由紀夫の小説を読むあなたが好きだ。でももっともっと、最高の形で好きになりたい。安全で、幸せなだけの人生はいやだ。男は、どうすれば僕を最高の形で好きになってくれるんだ、と問う。緑は言う、三島由紀夫と同じ死に方をしてくれたら、わたしはあなた一人を愛し続けながら、一生、誰のものにもならずに生きてゆく……

十一時を回っても居酒屋の客は減らなかった。話を一度切ると眠気が来た。静の目も閉じかけている。こんな子ども相手に、自分は何をやっているのだろう。何を話しているのだろう。

「そろそろ、やめるか。」

「ひいっ、あ、こんな時間すね。じゃ、お開きっつことで。次回っつことで。」

「じゃなくてね、静さん――」

「し、ず、か、さんだって。しずかさん、さん……さあん、さあんて、言いますよね、『雪国』で。」

眠気が消え、川端康成の小説のその場面を思い出す。

「しずか、さあん。島村さあん……」

『雪国』で酒に酔ったヒロインの駒子が、視点人物である島村の部屋を訪れる。駒子は、島村さあん、と呼ぶ。二人が体で結ばれる少し前の場面だった。

「よく知ってるな。」

「不正確。知ってるってなんですか知ってるって。それだと生れた時から知ってたっていう意味にも取れちゃいますよ。知ってるんじゃなくて、読んだんですよ、読んだんです。ひいっ、読んであげたんですよわざわざね。ママはあいつさんの影響で川端じゃなくて三島が好きだった。だから、ひいっ、母親の罪滅ぼしに娘の私が田中さんの大好きな川端を読んであげたと、ま、こういうわけですわ。てか、お開き、でしたよね。いつもごちそうさまですごめんなさい。てか、たまには私が出してもですけど。」

「昔話を散々披露した上に貧乏学生に飲み代払わせたんじゃ、パワハラだな。」

「ハラスメント？　なんの権力が働いてんですかね。」

私が払って店を出た。駅へ行く階段で、手摺に摑まって降りる静の前を、ゆっくりと先導しながら、もう会わない方がいい、と改めてはっきり告げようと、階段を降り切って足を止めたところへ、ずるずる降りてきた静の体が被さってき、細い両肩に手をあてがってどうにか踏ん張った。体温と匂いが来た。あ、ごめんなさい、と言って頭を下げる静の片手を握り、歩かせた。

改札の直前まで握っていた。

「謝らないといけない。お互い飲んでない時に言わなきゃいけないんだろうけど。」

「だったらいま急に、無理して、言わなくていいすよ。」

私は思わず笑って、

「んー、確かに。」

「納得しちゃったよこの人。」

「俺が何を謝ろうとしてるか気にならないか。」

「気になることはやっぱり、酔ってない時の方が。」

「でも、酔ってない時だと、もう気にならないかもしれないじゃないか。俺も、謝る気をなくしてるかもしれんじゃないか。」

「なら、それでもいいすよ。気になることなんか、少ない方がいいに決ってる。」

また頭を深く下げてから改札に入りかけ、うしろ歩きで戻ってきて、振り向くと、私の顔を指差して私の目を見た。指を摑めばこれまで話してきたことが全部崩れて、崩れた分だけの新たなものが私の中に流れ込んできそうだった。

「大学、やめよかと思ってます。なんか、やめよかと。」

「なんで。」

「お前のせいだ。んじゃ、また。」


冬休みが近づいていた。休みの間、いつ会ってどこへ行くかという話を、緑は明らかに避けた。どこでもええけえ決めて、と薄笑いの投げやりな注文に、私は腹が立ち、なのにひどく義務的な、ノルマをこなすような気持で応えようとしたが、思いつくのは海辺のファストフードか、映画、精々が電車で四十分ほどの、北九州の小倉の繁華街くらいだった。東京の原宿だかにある、私には分らないブランドの入る商業ビルがあって、緑は以前友だちと行ったらしく、また行きたいと時々言っていたので提案すると、別に絶対そこのがほしいわけやないし、と顔を背けた。一緒に行ったその友だちって誰、と訊くと、緑は空を見て黙った。なのに無限の空間を見上げている感じではなかった。緑の視線の力で空は急激に縮まり、わずかな一点になり、かつては空だったそれを、もう空には戻らない小さな真っ青を、懐かしく見つめている風だった。同時に、空であったことなどない一匹の虫を見つめている、がらんとした目とも思えた。感情が溢れたためにかえって無感情になっていそうだった。

休み時間にそうやって窓辺や廊下や階段の踊り場にいる私と緑を、周りの生徒たちはいままで通りの関係と見ているのだろう。二人は承認され、許され、二人で一組と見なされている。からかいやひやかしがあるとすれば、一人でいる時だった。あれ、今日は御夫婦は御一緒じゃないんですか、と言われたりした。私は照れ、喜び、優越を感じ、一方で苛立ち、困惑した。お前たちが思うほど緑との距離は近くない、むしろ隔たり始めているのだ、と。緑の向う側には、恐らく、もう一人の男が、私がノートの物語に書こうとした実在の男が立っている。それに気づいていながらつき合っている俺がどれほど間抜けなのか、お前たちには一生分らない。たとえお前たちが誰かとつき合って、抱き合って、結果的にひどい別れがやってきたとしても、絶対に分りはしない。いまの緑が俺にしてみせる態度、俺の俺自身に対する焦りと笑い、俺が自分をどうしようもなくかわいそうだと思っているこの状態は、誰一人として理解出来はしない。

私を理解出来ていないのは、誰よりも、私自身だ。緑の向うというより、ほとんど真横にいる男の存在に気づいていて、真実を直視しないこの私自身だ。

ノートも止った。どうしたんだ、三島由紀夫はどうした、三島と同じ死に方はどうなった、どうせ架空の人物を設定してるんじゃないか、と頭の中でけしかければけしかけるほど、鉛筆を持った手は動かなくなっていった。

書く代りに、行動を起した。この行動の根拠の一つは、三年生はもう受験のために部活をほとんど引退している、陸上部もそうに違いない、というものだった。

帰りがけ、緑がバス停までついてこようとしない日。校門で別れ、緑の視界の外へ完全に出たあたりでいつものバス停への道を逸れ、区画を回り込み、生徒たちがめったに通らない住宅街を走り、短い坂を上り、下見しておいた通り、丘の上の、ただベンチがあるだけの、ひとけのない広場へ出、フェンスの手前の、いまは葉を落している桜の木の幹に隠れて、駅前の交叉点を覗き見た。そしてやはり下見通りに、駄目だと思った。

遠いのだ。駅で帰りの電車を待つ生徒たちは、当然同じ制服を着ている。男子と女子、背の高い低いくらいなら見分けはつくが、誰だと特定出来る距離ではない。電車が一本行き、次が来るまでの間にまた人数が増えてゆき、誰が誰だか分らない状態は解消されない。かといって近づき過ぎると、緑に見つかってしまうかもしれない。

年を取った女が買物袋を提げ、こちらに向けていた視線を切って住宅の間の細い道に入った。風が冷たかった。体の芯が吹かれた。

ここで何をしているのだろう。緑を見張るのだ、緑が誰かと駅で会うところを摑んでやるのだ。摑んで、そこからいったいどうするのか、二人の前に出ていって、別れろとでも言うのか、たくさんの生徒が見ている前で言うのか、緑と、三年生を相手に？

しかしいくら緑に見つからないためだといっても、ここはない。こんなに遠くからだと見分けはつかないと、最初から気づいてはいた。緑ともう一人とを批難するつもりなど、もともとないんじゃないのか。なんでこんなに寒い思いをしなければならないのか。何をやっているのだ、ここで。これはいったいなんなのだ。

それは、偵察にも尾行にも全然なっていないこのおかしな覗き見が、緑どうこうではなく、やっぱり自分一人のためでしかないってことじゃないのか？　自己満足。自己憐憫《れんびん》。いかにも相手の二股を咎《とが》める覚悟のようでありながら、実は自分をかわいそうに思っているだけ。人の顔など分るわけがない遠くから、見張っているぞ見つけてやるぞという姿勢を、自分自身に突きつけ、一人で勝手に寒がって、ああ、こんなことは全くの無駄じゃないかと落ち込み、自分で自分の頭を撫でてやる。よしよしかわいそうなやつだと、ウジウジ慰めてやるのだ。

冬休みに入るまでの数日、ほとんど世界で一番かわいそうな、世界で自分以外の誰からもかわいそうだと思ってもらえない間抜けな高校生としての放課後を、丘の上で過した。今日も帰りはどういうわけか校門までなんだな、という目をする緑を置いて、丘の上の広場を目差す。いくら駅前を眺めても、緑の顔も誰の顔も見分けられず、今日もとんでもなくかわいそうで誰からも同情されないされるべきでないやつが震えながらたった一人でここにいる、と確めるためだけに坂を上るのだ。私は私を見ているのだった。学校、住宅、広場、駅舎、線路、跨線橋、生徒の群、空、鴉、桜の木、固い地面、といった何もかもから無視されている私を、私が覗きにくるのだ。

春が来れば、何かが自然とどうにかなってくれるとでも、思っているのだろうか？

私は私を見るしかなかった目で、見たくないものを見ることにした。その方向に何が待っているか想像すると恐ろしかった。そんないやな、そんなにまで取り戻しようがないことが本当に起るのかと思うと、しかしよけいに緑本人に問わずにいられなかった。信じられないことの原因は、緑でなければならなかった。

放課後、教室を出るところで呼び止めた。緑は意外にも素直な笑顔で応じた。ここのところ帰り道が別々だった不満の裏返しの喜びが、驚くほど表れていた。

「バス停までついていってええん？」と訊く声に迷いや曇りはなかった。

「いいや、別のとこ。」

緑が黙ってついてくるので、私は戸惑いながらも逆にやけな気分で歩いた。どんなに危険でいかがわしいところにでも緑を連れてゆき、ずっとしようと思っていたことを、互いの体のどこをどうすればいいのかも現実的には全然分っていない行為を、いくらでも気のすむまでやってやるという感覚で、しかし足を向けたのはなんの色も匂いもない場所だった。

住宅街の坂道にかかってからも、緑は大きく呼吸するだけで何も訊かなかった。どこまでもついてくる緑が私を痛めつけた。うしろの足音に、仕方ないからついていってやるかとこちらを見くびる響きが含まれている気がした。私はそうやってどこまでもどこまでも、私の掌から出られないのだった。緑を従えているいまも、私は私だけを引きずり回している。

辿り着いた広場には人影はなかった。一人で来ていた時と同じ静寂だった。自分の部屋に連れてきたみたいに恥かしくなった。桜の木のところで止った私の横に追いついて、さっむい、と言った。日差はなかった。

「こんなとこあったんやね。昔、このへんに住んどったとか？」

首を振って指差した。

「ああ、駅……？」と頷き、不思議そうにこちらを見た。

私はいま、とうとう私ではなく、緑に見られていた。

「そう、駅。見えるやろ。」

言うな。言ってなんの意味がある。

「ここんとこずっと、ここから見よった。」

緑の前で徹底的にみじめになってみせる意味くらいは。

「駅、見よったん？」

「遠過ぎてよう見えんかった。そんなん初めから分っとったけど。」

「何、どうしたん？」

声と目が明らかに警戒している。これで大丈夫だ。いまから言うことに緑はちゃんと怒ってくれる。自分がとんでもなくみじめになって、それで終る。何かは分らない何かが終ってくれて、楽になる。

ここへ毎日通っていた理由を、駅を見下ろしながら喋る私に、緑は真横から視線を向けて外さなかった。すると私はだんだんと悔しくなった。盗み見の告白を聞いた緑が怒り、自分がみじめな晒し者になり、全部が終ることが、許せなくなってきた。緑を、お前、と激しく呼び捨てた。お前なんかが、と言った。お前らが、とも言った。お前らの、ら、に当る、いまだに緑とつながっているのかどうか定かでない名前を、言おうとして迷った。

緑の体が揺れ、顔が下を向き、地面を靴の裏で軽く蹴った。少し笑ったらしかった。

「そっか、それで。あんたがここに来よるっちゅうのは知らんかったけどさ、なんか、」

と今度こそはっきり笑って、「なんかね、こそこそしよるなあとは思いよった。」

風は感じないが、空のものすごく高いところを鴉が一羽、誰かの手で揺さぶられているように舞って流れた。鳴いてはいなかった。

「そう。田中が思っとる通り。でも森戸君と一緒には帰らんよ。ほら、三年の女子と揉めたやろ。あんなんもういややけ、学校の近くでは会わん。」

「ほんならどこで会うんか。」

「言わん方がええと思う。」

離れ気味の目が、上から見ている。

二人だけの場所がどこかにあるのだ。映画館や水族館や公園ではないところで、二人は会うのだ。そんなところがこの街にあるのだろうか。酒があったり、煙草を吸う人間がうじゃうじゃいたりするのだろうか。そこで二人は何を話すのだろうか。

「俺、俺は……」

俺は、どうすればいいんだ、と言いたい私に緑は完全な答を返した。

「田中？　田中は、友だち。」

「あいつが、本命なんか。俺、二番目か。」

「は、何それ。本命？　で、あんたが二番目？　うちのことばかにしよるん？　本命もなんもない、一番も二番も関係ない。好きなんは森戸君だけ。順番なんかつけるわけないやろ。」

「ずっと、そうやったんか。俺と、二人で会うようになってからも、ずっとか。」

「ほやけえさ、ずっとそうやったんかとかさ、なんであんたに訊かれんといけんの。なんで答えんといけんの。」

「他の、女子の友だちと一緒におるんと、俺とおるんと、同じっちゅうことか。」

「そうよ。そうやけど、そうやと思うんやけど……分らん。うちにもよう分らん。ほやけど森戸君が好きっちゅう気持だけはどうにもならん。ずっと前から好きで、ほやけえ、夏休みに、したんよ……森戸君と。」

私は自分から視線を外した。緑の言った意味が分った。緑と森戸が何をしたか分った。それはずいぶん遠くの出来事に感じられ、驚いたことに私は、なぜか安心していた。何もない安心だった。

風はやはりなかった。声はしたが鴉の姿は見えなかった。本当は何も鳴いていないのかもしれない。

「うちが言いたいんはね、好きな人と友だちは、全然別っちゅうこと。別よ、別。好きなんは森戸君。友だちは、田中。不満かもしれんけど、これからも友だちっちゅう風に思ってくれたら嬉しい。無理にとは、言わんけど。」

普通は怒るところだろうな。男なら、怒ってみせないとな。

「友だちっちゅうのは、無理やわ。」

「そう。分った。」

緑はまだ何か言いたそうにしていた。いやだ、もう何も言われたくない。

自分からも、何も言わなかった。

緑が傍を離れた。

永久に会えなくなるわけではないのが不思議だった。

そうか、自分は、ふられたのか。緑は確かに、まだ何か言いたがっていた。好きな人と友だちは全然別、とはっきり言ったが、緑はその二種類を区別出来ているのだろうか。私を、本当にただの友だちとしか思っていないなどということがあり得るだろうか。二人で過した時間は、友情だけから生れたものだったというのか。唇を合せたのも、友だちだったから？　違う、友情なんかではなかった。私にとっては、こんなことが起るなど一生ないと思っていた、信じられない時間だった。

街並。駅。線路。いままでと同じ。生徒たち。男子は黒、女子は紺の制服。坂を下っていった緑は、もうその中にいるだろうか。見分けはつかない。これもきのうまでと同じなのに、今日はもうきのうではなかった。同じなのに、全部違っていた。

同じということは、絶対にないのだ。きのうまでと変っていないと思えても、もう別の風景だ。つながっているのにバラバラだ。何もかもが、きのうではない。

丘の下の方ではっきりと、鴉が鳴いた。

終業式の日、私は何度も目を合せようとしたが、緑は一度もこちらを見なかった。放課後も、何も話さずに別れた。丘の上の広場には行かず、バスに乗って帰った。

クリスマスも大晦日も母と過した。それまで夜九時からだった『紅白歌合戦』は、平成になったからか、七時二十分に始まって延々続いた。終るのは去年までと同じ十一時四十五分だった。

朝、初詣でのあと、北九州に住む母方の祖父母を訪ねた。

私は祖父に、去年は訊けなかったこと、というよりその時は六日後に崩御する昭和天皇がまだ生きていてそんなことを訊く状況になっていなかった、ということを訊いてみた。

「昭和天皇が亡うなった時、じいちゃん、天皇のあと追って死のうと思わんかった？」

母と祖母は、まあ何言いよるんかねこの子は、正月早々縁起でもない、と顔をしかめた。幼い頃からの記憶にある限り、私をひどく叱ったり勉強しろ勉強しろと喧《やかま》しく言ったためしのない明治生れの祖父は、

「学校の授業で、訊いてこいて、言われたんか。」

「いや。」

「ほしたら、なんでいま、そねえなこと訊くそか、よお?」

「ごめん。やっぱ正月に話すことやないね。」

そうそう、と頷く女二人へは目もくれず、

「正月かどうかやなしに、なんでいまんなって訊くんかいうことよ。」

「昭和天皇が亡うなった時に訊いとったらよかったたん?」

「そうやなしにちゃ、なんでそねえなことを訊くんか。あと追ういうが、出来るもんやないっちゃ。あん時、あと追うて死んだ人がおったちゅうのは、新聞に出ちょったけどよ、そねえなことは、なあ、せんでもええのよ。」

「ほやけどさ、昔の話やけど、三島由紀夫は天皇陛下万歳言うて、腹、切ったやんか。」

祖父は軽く笑って、

「三島由紀夫がどねえな考えやったか、じいちゃんもよう分らんが、あねえな死に方する道理はないわあね。戦争ん時、兵隊に取られちょりもせんのにから。」

「戦争に行ったら、腹、切る道理があるっちゅうこと?」

「そうやない。道理は、道理は、そらあるかもしれんけどやね、そら、日本は戦争に負けたんじゃからね、ほやけどよ、戦争に行こうが行くまあが、切らんでもよかろうがね、ああ？　なんぼ天皇陛下のためにたたこうて負けたいうて、その道理だけで腹ァ切りよったらどねえもこねえもならんやろうがね。三島由紀夫は戦争に行っちょりもせんのにから勝手に切って。三島が腹ァ切ったけいうてから、天皇陛下はそれをどう思うたか。ようやったいうて三島を誉めたかね、ああ？」

「ほやけど三島由紀夫が自決したんは事実やろ。」

母が卓を一つ叩いた。

「あんたええかげんにしなさいよ。なんぼじいちゃんが優しいけいうてからいね。どうしたちゅうそかね。あんたね、この頃、ちょっとおかしいよ。本の読み過ぎやないんかね。夜遅うまで部屋の灯りついとろうがね。それとも学校でなんかあったんかね。あんたまさか、いじめられよるんやなかろうね。」

私は驚き、情なくなった。母が緑の存在に気づいているかどうかは知らないが、息子の様子がいつもと違うとなんで、いじめられている、となるのだろう。

だからといって、この頃おかしい本当の理由を言いはしなかった。

「心配せんでもええよ。別になんもないけえ。あったとしても、腹、切るんは、僕やないで、他のやつやけえ。」

母はいぶかしげな目で、

「他のやつっちゃ、どういうことかね。」

もうやめんかね、と祖母がきつく言った。


母に言った通り、私は自分以外の人間を自殺させることにした。当然、そんな企みが現実に達成出来る筈はなかったし、する必要もない。もし本当にそうなってしまったら、そしてその人物がなぜ死を選んだのかが暴かれてしまったら……

だが現実の世界で起ってもらっては困る出来事が、三島由紀夫の『憂国』の中ではもう起っていた。二・二六事件に間に合わなかった軍人が妻とともに命を絶つ短編。緊張と、破滅。彼が自分の腹を切り裂く場面は特に異様だった。傷口から、腸が飛び出してくるのだ。三島はそれを、傷口が吐瀉《としゃ》するようだと書き、また、いやらしいほどいきいきしている、と書いていた。

なんでこの作家はこんな表現をしたのだろう。こんなものを書いたから、自分が書いた場面と同じ死に方を選ばざるを得なくなったのだろうか。あるいはこの時点ですでに死に方を決めていて、その精密な設計図として『憂国』を書いた、主人公を通じてリハーサルをしてみた、といったところだろうか。いずれにしろ、まず小説があり、そのあとで現実に自決した。小説に書いたことが本当になったのだ。小説に書きさえすれば、死がもたらされるのだ……

こんな計画はばかげている、計画とも呼べない異常な空想じゃないか、と思ってはみた。『憂国』という小説の腸が出てくる場面がまず異常であり、同じ死に方を選んだ三島も普通ではない。とんでもない天才が、勢い余ってとんでもない死に方をした。自分で書いた小説に自分が呑み込まれた。それだけだ。小説が本当になったのではない。三島が同じ死に方をしただけだ。

そうだ、肝心なことを忘れている。もし主人公が自決する小説を書いてしまったら、そしてそれが必ず三島のような形で現実になるのだとしたら、私自身が自決を選ぶことになってしまうではないか。いや、そんなことあるわけがない。リクルート事件とか天安門事件とか、ろくでもないことばかりあるし、何かというと生徒を平手打ちして平気な顔をしている教師、といったろくでもない人間だっているけれど、死にたいわけではない。死ぬわけがない。

だったら書いてみればいいじゃないか。小説の中で誰を殺したって構わない。実際に殺すわけではないのだから。

せっかく小説にするのなら、死にたいわけじゃない自分が主人公ではつまらない。自分が死んでほしいと思う誰かを、いわば生けにえとして書けばいい。誰がいいか。

待て待て、言葉は正しく使えよ。誰がいいかじゃないだろ、どっちがいいか、だろ。


「母と、あいつさんと、どっちがいいか。一度、あいつさんをモデルにして書いて、罪悪感からやめて、ふられたらまた書くって……」

新宿のデパートの六階、エレベーター前、トイレ横の休憩スペース。静と初めて会い、最後にするために私が選んだ場所。

「そうだ、どっちがいいかだ。どっちを死なせるか。ひどい話だ。申し訳ない。」

「ほんとひどいです。」

そう早口に言った声が切実で私ははっと静を見た。またも、大きく見開いた目で、

「ま、いいですけど……でもそこで謝るのなしです。作家が小説の中に何書こうが自由ですよね。それに、田中さんはまだ高校生だったわけで、人に見せたわけでもないんだし。」

「その時は誰にも読ませなかったけど、ずっとあとになって、小説として発表、することに……」

「最初の小説ですよね。」

文芸誌の新人賞を貰った小説の主人公として一人の男子生徒を、私は描いていた。思いを寄せる女子生徒との会話。両親とのすれ違い。不自然なほど残酷ないじめ。母に疑われて情なくなった筈のいじめを、書いたのだ。その主人公を死へと向わせるために。

「でもあの男の子は、切腹しようとするけど、結局は思い止まる……いい話じゃないですか。」

「思い止まったんじゃない。無理やり、思い止まらせたんだ。」

平成が一年を過ぎようとする冬休みの終り、ノートの新しい頁を開き、書いた。といってもわずか四頁ほど、筋立ても辻褄《つじつま》もほとんど考えず、ただ決められたラストシーンだけに向っていった。家族や同級生との関係に悩み、追い詰められた男子高校生が、痩せた腹に刃を刺して死ぬ。どちらにするか迷い、女でなく男にした。背が高く誠実な目をした陸上部の男が、自殺してしまう話。丘の上で血を流して倒れている制服姿の彼を真上から見た場面で、書き終えた。読み直すと、思いつきの御都合主義もいいとこだったが、この際どうでもよかった。ただ一つのラストに向って主人公を歩かせ、丘に立たせ、自殺させた、それでいいのだ。

小説は出来た。

では、現実は、いつ出来るんだ？　現実はいつ、小説に追いつくんだ？

実在する人間が、小説の通りに死ぬのはあり得ない。小説がいくら頑張ってみたところで、現実はそう簡単に動きはしない。小説の言うことを聞かない。

しかし三島由紀夫は、自分の小説の言うことに従った。『憂国』の通りに死んだ。小説が現実を動かし、書いてあるままに人を死なせたのだ。怖いことだ。

でも、怖い目に遭うのは、私ではない。

初めに考えたのは、映画やテレビドラマによくある、新聞や雑誌や折込み広告から字を切り取る方法だった。筆蹟を隠すにはよさそうだったが、文章に必要な字は、探そうとすると案外見つからなかった。それに苦労して拾い集めた字を紙に貼りつけたとしても、使ってしまえばまた一から作らなければならない。別の方法を考えるまでの間にも、緑の身に何かが起りそうだった。森戸はもうすぐ卒業するが、邪魔者がいなくなるとは考えなかった。むしろ二人が二人だけの時間を過す機会が増えるのではなかろうか。自分の手の届かないところで、現実が進んでゆく。

だから、森戸のところは分らなかったので、緑の家に電話をかけ、出た相手が誰かも確めずに切る、というのを二回やっておいた。

字の切り貼りに代えて思いついたのは左手だった。鉛筆を持って書いてみた。利き手ほど滑らかには運ばず、一画一画はうまい具合に震えていて、比べるために右手で書いた同じ文章の筆蹟とはまるっきり別物だった。私の痕跡はどこにもない。使えそうだ。このやり方なら教室の黒板でもいける。鉛筆がチョークになった時、同じ効果が得られるかどうか分らないが、実現すれば面白くなる。

まずは紙の上から。いつものＨＢの鉛筆でない方がいい。新しい筆記具も、近所で買うとあとでバレる可能性がある。

電車に乗り、北九州の、祖父と釣りにきたことのある小さな港街で降りた。古い商店街があるのを覚えていた。

燕の巣は空だった。乾物屋の店先に、大きな魚の干物が吊るしてあった。硬い目で見ていた。二年くらい前、テレビで放映されていた『太陽がいっぱい』で、市場みたいなところを歩くアラン・ドロンを、店先に並べられた魚たちが罪を告発するように見ている、という場面があった。

文房具屋の硝子戸は引っかかりがあった。桃色の蛍光ペンを買った。店の男は私を見ず、値段を言った以外無言だった。

帰りは風が出た。魚の干物が店の柱にぶつかり、いつまでもごとごと鳴っていた。

冬休み明け、始業式の日、どんな顔で緑と同じ空間にいればいいのかと思っていた私は教室に入るなり、先に来ていた緑の方を、絶対に見てはならないと言い聞かせていたのに見てしまい、待ちかまえていたのかこちらをじっと見つめる緑に、足許がぐらつき、よろけて自分の席に座った。

その後、目は合わなかった。

三学期が本格的に始まってからも同じだった。それは、緑がいきなり松本清張のことを話しかける前とも同じだった。あの頃も、教室のどこに緑がいるか常に意識し、恥かしいので見ないようにしていた。気持が通じてからは意図して合せ、恥かしさが喜びに変ってゆくのを感じた。

いままた、目は合わなくなった。次の授業のため別の教室へ向う時、廊下へ出る同級生の流れに巻き込まれて体が接近してしまわないように、特に緑の方が私が出るのを待っているらしいので、私も緑が作ったそのタイミングに合せて席を立ち、距離を保った。この点で、二人の呼吸は合っていた。意図は通じていた。暗号のように通じていた。気持だけが通じていないなかった。

授業用のノートを使おうとしたが、万が一犯人探しになった時、破り取った跡が見つかる恐れがあったので、母が自宅の電話台の抽斗《ひきだし》にストックしているメモ用紙にした。

ところが、あれだけ何度も試した左手が、いざ本番となると動かなかった。自分の計画に震えていた。他人を攻撃し、陥れるためなのに、この世界に私以外、誰もいなくなり、この世に残るそのたった一人を傷つけるための言葉を書きつけるかのようだった。誰かに見られているように震えが止らなかった。見ているとしたら、高い空の鴉を揺さぶった誰かだろうかと感じた。

三年の教室の外に設置されている掲示板に、画鋲で小さな紙が貼りつけられていたと、二年の方にも噂が流れてきた。蛍光ペンで下手くそに書かれていた文字は、モリトシネ、であったという説と、モリトコロス、であった説に分れていた。教師が問題として取り上げるところまではゆかず、飽くまで生徒間の話題だった。

なぜ三年の領域で起ったことが二年の方まで素早く伝わったかといえば、そこに書かれていたのが森戸の名前だったからだ。誰もが、去年、三年の女子が直接乗り込んできた時のことを思い出していた。あれ以降、森戸をめぐって三年の女子と真木山緑の間に対立などは、少なくとも表面上は見られなかった。あの出来事は、時間がただぬくぬくと過ぎてゆくだけだった学校に、突然起った波紋だった。あのあと森戸と緑が一緒にいる光景は見られなくなり、なんの波も立たなくなっていた。森戸も、あの時乗り込んできた女子たちも、受験に突入していて、学校全体もはっきりと慌ただしくなっていたから、その三学期の中には、もうあの時の波紋が復活する隙間はない筈だった。

であればこそ、受験を邪魔する小さな貼り紙は、生徒の間に最初の時の混乱をそのまま復活させた。二年三組では、当事者とも言える緑を意識して、彼女に聞えないように、また彼女のいないところで、小声で、大声で、推論が展開された。紙を貼ったのは去年緑に絡んだ三年の女子たちだ。卒業前に、これまでの憂さを晴らそうとしているのだ。でもそれにしては、紙一枚というのはどうなのか。書いたのは、緑ではないのか。三年女子に罪を被せるためにやったんじゃないのか。緑はつまり、森戸と完全に別れたのだろう、それで、三年女子とよりを戻した森戸に向けて、あんな紙を……いや、森戸と三年女子はつき合ってなかったんじゃないか。何言ってる、つき合ってたからああなったのだ。つき合ってるっていえば田中はどうなんだ。いやあいつはそんなことするタマじゃない。それにこの二人こそ、もう別れているらしい。だからやっぱり、田中が腹いせに。そんなわけないって、なあ田中。

そして一週間もしないうちに、森戸のいる三年一組の黒板に、チョークで、モリトハハラヲキレ。

腹を切れ、という時代遅れな禍々しい言葉に誰もが黙り、しかし事の重大さに気づいた三年の誰かがこれは生徒の間だけではすませられないと判断し、教師に報告したらしく、二年三組でも担任の女性教師が、一時間目が始まる前の学活で、そのようなことが起っていますが皆さんくれぐれも動揺したり騒動に巻き込まれたりしないように、何か気になることがあれば迷わず知らせて下さい、と言い、当然だが緑の名前は出なかった。

その日の放課後、私は職員室に行った。担任は弱小卓球部の顧問として体育館に向おうとしていた。今回の貼り紙と落書きのことでどうしても話を聞いてほしいと言うと、まず校内放送で卓球部員に、少し遅れるが練習を始めておくようにと告げ、私を伴って、進路指導室に入った。

「言っとくけどお母さんに濡れ衣を着せたりはしてないから。」

「え、私がそう思ってるだろうって、考えてました？　私は、田中さんが罪を告白したのかなって。」

「そうか。とにかく、お母さんのせいにはしなかったけど、正直に打ち明けもしてない。代りに、三年の男子との関係でお母さんが悩んでて、それを三年の女子が利用してる、彼女は被害者だ、と説明した。つまりは、教師の力を使って、全面的に三年生が悪い、という構図を作ろうとしたわけだな。いま考えればびっくりするほど浅い計画だけど、そうやって教師の、上からの力を借りればお母さんを取り戻せるんじゃないかって、本気で期待してた。」

「それってすっごい的外れで、ごめんなさい、すっごい……」

「ばかだろ。でもな、ま、これもいま思えばだけど、ばかほど強くて恐ろしいものはない。こうやって喋ってても、その頃の自分が怖い。その、怖かった自分に、促されて喋ってる気もしてくる。」

昼休みに入ったと同時にやってきた森戸を二年三組がクラスを挙げて見つめる中、森戸との間でなんの言葉も仕種も交さずに、緑が立ち上がった。二人で廊下に出た。三組がざわめき、食べかけの弁当を置いて様子を見にゆく者もいた。前にも同じようなことあったなと言う者もいた。

私は自分の席で食べ終えた。味はあまりしなかったが、腹は太ったようだった。

三組はそれぞれの昼休みへとばらけた。

私も教室を出た。三年の教室の方は見なかった。

渡り廊下は冷えた。途中トイレへ寄った。鏡の顔は、意外だったが薄く笑っていた。笑っている本人に見られたために、顔は笑いのまま凍った。

図書室は混んでいて温かかった。本は読まず、窓際の、腰の高さほどの低い本棚に手を突いて、外は灰色だった。街は冬に沈んでいた。窓硝子に風が来た。西の先にある、ここからは見えない海を思った。学校にいて海を想像するなど、初めてのような気がした。無意味であてどない想像に感じられたが、急に具体的な海が蘇ってきた。こういう海を知っている。

『仮面の告白』のあといくつか読んだ三島のうちの、『金閣寺』の冒頭だった。直接は見えていない荒れた海から逃れてきた鷗たちが田に舞い降りてくる場面。海の生き物が、普段の生活には必要のない田にやってくる。ここを読んだ時、生きるために逃げてきている筈の鷗の姿が、何か妙に不穏だった。海にいなければならない鳥が、いくら生き延びるためとはいえ内陸部の、しかも田という人工の、偽物の自然の上に降り立つのがどこか残酷だった。荒れていない別の海へ飛んでゆけばよさそうなのに、これではまるで世界中の海が嵐に見舞われ、仕方なく来たくもない陸地に逃れてきたみたいだった。柔らかな鳥たちを田の泥が汚してゆく。私は唐突に、田を男に、鷗を女に見立てていた。男が、女を汚すのだ。飛べもしない田が、純粋な翼を汚すのだ。真っ白い羽の隙間に、雪に滲む血のように、泥が染み込んでゆく……

呼びかけられて振り向いた。額が広く目の小さな女子生徒は図書委員を名乗り、図書室は本を読むところだ、読まないのなら出ていってくれないだろうかと言った。見回すと、割と大き目の声で喋り合っている生徒たちでも、とりあえず手許に本を置いてはいるのだった。私は、ふうんと返事をしておき、手を突いていた本棚から適当に一冊抜き取ってみせた。高山植物の写真つき解説書、みたいな本だった。図書委員は、その場しのぎにいいかげんな気持で本を手に取るのが許せない、といった目つきで動かない。私はあやうく、いまの自分がどんな立場にいるのか、緑と森戸から遠ざかるため、この図書室まで、まるで鼬みたいに逃げてきたのがどれだけ惨めかを打ち明けそうになった。何がおかしいんですかと言われ、自分が笑っているのが分った。

「手当り次第にいろんな本を読もうとしてるだけ。僕は将来、作家になる予定なもんで。」

図書委員は目と口を歪めて、は、と疑問とも笑いとも取れる音を漏らし、離れていった。その時もまだ、私は笑ったままだった。あの時、三組の何人かと同じく緑と森戸のあとを追えばどうなっていたか。緑の手を摑んで無理に引き止めていたら。

と、想像するばかりで、教室のある校舎へ戻ろうともしなかった。高山植物の本を、開かず、撫で回した。好きな女を奪えずにここまで逃げてきて、名前も知らない図書委員に、将来作家になるのだと宣言する、いったいこれはなんなのだ。

ただ、緑を連れてゆかれてしまったという、笑いのもとにもなった惨めさは、作家になる、との無茶な発言によって急速に後退しつつあった。作家という、一見突拍子もない、口にするだけでも恥かしい将来は、あながち口から出任せとも思えなかった。この当時、私の中には確かに、小説とはとても呼べないノートの文章を勝手なよりどころとして、作家への不遜な憧れが育ってはいて、緑と離ればなれになった絶望からであれ、他人に初めて将来への意思を表明した解放感があった。

下校時、私の腕を摑んだのは緑の方だった。校舎の外、非常階段の踊り場に連れ出された。

「電話と紙と黒板。そうやろ。冬休み、無言電話したやろ。」

緑から目を逸らせなかった。首を縦にも横にも振れなかった。電話や蛍光ペンがひどく子どもっぽい策略に感じられた。

「どうなんかねっちゃ。訊きよるんやけ答えりっ。」

乾いた喉から声を絞り出そうとしたが、

「待って。そういうわざとらしい顔、せんで。いかにも自分が悪かったっちゅうような顔、やめて。ほんで、嘘はつかんで。電話、紙、黒板。ほら、なんか言いいね、は？」

「惨めに、なりとうない。」

「はあ？　意味分からん。」

「ほやけえこれ以上惨めになりとうないって、言いよるやろうが。好きな女にふられたっちゅうだけでも惨めなのにから、その女に、命令されて、どうしてなんもかんも言わんといけんのか。なんで女なんかの言いなりに、ならんといけんのか。」

自分の言葉が男だと実感し、いやだった。その何倍もいやな気分のためか、緑は全て諦めた笑い方だったが、謝りたい謝りたいと思えば思うだけ、男の自分を止められずに、

「お前がどんだけあいつのこと好きなんか知らんけど、やってしもうたんなら、もうあいつのものっちゅうことやから、俺には関係ない。好きとかふられたとか、もうどうでもええ。たかが女一人やけ。ほやけど、ほやけど、あいつが、三島由紀夫が好きで、お前に本、貸したっちゅうのはどうでもようない。あいつに言うとけ。ほんとに三島由紀夫が好きなんやったら、お前のことがほんとに好きなんやったら、三島とおんなじ死に方、してみいって。」

階段を降りながら、矛盾していると分った。たかが女一人どうでもいいのであれば、森戸が三島を緑にすすめたのも、やはりどうでもいいことだ。

しかし、小説はどうでもよくない。ノートに書いた小説以前の文章を、書いた自分が裏切るわけにはゆかない。

「嘘。」

「何が。」

「そのあとどうなったか、てか、それを田中さんがどう説明しようとしてるか、当てましょうか。悔し紛れに矛盾だらけのことを母に言っちゃった田中さんは、ノートの小説と現実とを勝手に符合させようとしてて、母の方は田中さんに言われたことを御丁寧に、あいつさんに伝える。じゃなかったら……そうだな、あいつさんは非常階段のどっか、田中さんから見えないところに隠れててそれを聞いてしまった。あいつさんは、たぶんすごく真面目な人で、田中さんの言葉をストレートに受け取ってしまう。あいつさんの性格をよく知ってる母は、あんなの気にしなくていいよ真に受けることないよって言う。でも母にそんな風に気を遣われると逆にますます気にしてしまうあいつさん。真面目が最高潮になって、母への愛情の証拠として田中さんに言われた通り実行した方がいいんだろうかって本気で悩む。それで本当に……でも、当り前ですけど実際はそんなことにはならなかった。」

「お母さんから、そういう風に聞かされたってことだね？　誰も死にはしなかったって。」

大きく見開いた目を下に向け、

「それもあるけど、それ以上に、常識的に考えてってことです。その頃の下関のこと、ネットで調べてみても、高校生が自殺したとかしようとしたなんて記事は見つからなかったし、あいつさんが進学とか就職で地元を離れたんならそのあとのことは分からないですけど、でもですよ、そんなとんでもないことになってたら、田中さんだって私に話してなんかくれないでしょうし。外れてますか。」

「完全に当ってる。」

「完全に？」

「この話もこれで完全に終りってことだ。お母さんとあいつがそのあとどうなったのか、お母さんがあなたのお父さんと知り合う前に、あいつとのことがどんな風に終ったのかは知らない。高校を卒業するまでの間、お母さんとはもう、話をすることもなかったよ。三年生に上がって別々のクラスになったっていうのもあって、ほんとに、一言も。そのあとお母さんは地元の大学に進んで、俺の方は、頭、悪くて、受験に失敗して、まあ大学行って勉強したいことなんか特になかったけど、大学に行きさえすれば作家に近づけるかもって単純に考えて受験したわけだけど、ほんと、全滅で、当時はまだバブルの余力があったから、えっと高校卒業が九一年ね、だから高卒でも地元で十分就職は出来たんだけど、なんか働くのもやでね。俺は父親が早くに死んでるから、なんていうの、ビシッと叱る人間がいなくて、母は母で厳しいんだけど、女親だっていうんで、息子としてはナメてかかるんだよね。で、ズルズル引きこもり、ニート、状態に入ってて。母方の祖父母の援助があったからそういうことも出来た。三十過ぎまで。その間は勉強もアルバイトもしないで小説をネチネチ書いて、それで、腹を切ろうとして切らない男子生徒の話を書いて、作家デビューした。その主人公が、自分のことなのか、あいつなのか……」

全部は話せなかった。

「一つ確認したいんですけど、三島と同じ死に方してみろっていう言葉を、あいつさんが非常階段で聞いてないとして、母はそのあとあいつさんに伝えたんですか。」

「さあ、それは分らない。そのへんはお母さん、あなたに話してないんだね。」

「何も、聞いてません。」

「五月にここで、あなたと会った時、話を聞かせてくれっていう申し出を、すぐに断ることも出来たわけだけど、結果としては、話せて、よかった。あの頃のことは忘れられなくて、お母さんを傷つけてしまったままなんじゃないかって気になってて……勿論、娘のあなたにこうやって話をしたからって何かの償いになるわけじゃないし、一度傷つけてしまえば、その痛みはお母さんから消えることはないのかもしれない。だから、よかった、なんてことはどの角度からも言えはしないけど、でも、話せたことはよかったと、思う。あなたに、話せたことが。」

静は不思議そうな目をした。思いつくままの私の言葉を解釈しようと頭を回転させていそうだ。離れ気味の目を持つ顔に、触れたかった。引き返さなければと気持を強めるのに、

「あなたが、あなたの顔が、お母さんそっくりだったから、だから……」

静は歯を見せて笑い、

「目でしょ。ちょっと左右に離れてて。でも、小松菜奈に似てるって言われることもあるし。あ、分ります？」

そうか。誰か、女優に似ていると思ってはいたが。

「分るよ。男は間隔の広い目の女が好きなんだ説もあるらしい。横顔の時、目の印象が強くなって、綺麗だとかって。」

「カトパンてそんな離れてないですよね。」

「だから、彼女は口がいいんだよ。」

「でも母に似てるの、目だけなんですよ。でしょ？」

静の問いに、顔を、これまでになく近づけ、肩が触れ、離れた。

「そうかもしれないけど、目がこんなにそっくりなら、お母さん似ってことになるんじゃない？」

「鼻と口と、顎、全部父親似。私、疑ってたことあったんですよ、ひょっとして、父じゃなくて、あいつさんと母の子なんじゃないかって。」

「そんなこと、それは、そんなことは。」

だがその疑いは、静の身になれば非常に真っ当である気もした。

「でもこんだけ似てれば、父と、母の子です。」

緑と離婚したという父親に、本当に、似ているのだろうか。全く似ていないのではないか。私は静の顔に森戸を探そうとして怖くなった。

父親だったかもしれない、と静は私のことを言った。高校時代の緑との関係から出た発想に過ぎないにせよ、そう思っている静が、森戸を本当の父親かもしれないと疑ったことがあり、ひょっとすると、本当に、そうなのかもしれず、となると、緑とは深い関係にならなかった自分に、どこかほっとする半面、うまく立ち回って逃げ出した疚しさも来る。

いまも、全部は話していない。

腕時計を見た。

「前に話した通り、あなたの方からお母さんとのことを聞かせてくれって言ったんだから、今日でやめにするって言う権利はこっちにはない筈だけど、それに、あなたがこれまでの話に納得してくれたかどうか不安だけど、話すことは、話した。今日が最後だ。」

「最後、なんですね。納得っていうのがどういう状態を差すのかいまいち実感出来ないですけど、最後なら最後で、いいです。」

言い切った静が、まるでこのタイミングを初めから狙っていたみたいに滑らかに立ち上がり、私は慌てたが、気づかれたくなくて、ペットボトルの水を飲んでから、ゆっくりと立った。静は横を向いていた。美しかった。

「来月の下関での田中さんの講演、私はきっと無理ですけど、母にもう一回、行くように、念押し、しときますね。」とこちらを向いて目を見開き、顔を少し上向かせた。

緑だと思った。

「あなたの、お母さんに会うつもりで、毎回、会ってたのかもしれない。ごめん。」

体の奥から湧く感覚をぶつけた気分だった。首を振って照れた風に下を向く静の、全身を視線で素早く辿った。何年ぶりだろうかという欲求が来た。自分の内側の肉がめくれて外へ溢れるかと感じた。静は黙って下を向いたままだ。私も歩き出せなかった。静が何を思っているかを、いや思っていなさそうなことを都合よく想像することも出来るが、私は、私自身の衝動を、ここで起っていることの全ての根拠にしたかった。いま、ここには、身動きの取れない荒々しい生き物のようなものがあって、それが少しでも動いたなら、めくれた肉が静に巻きつきそうだった。

「俺が言うと偉そうに聞えるかもしれないけど、お母さんのこと、大事にしてあげて下さい。遠くからでも、いいから。」

静は髪を掻き上げ、また大きく見開いて、頷き、

「遠くから、ですよ。ほんと、遠くから。」

「俺も東京に出てきてから、親のありがたみ、みたいなのが、なんとなく……」

「田中さん。」

「ごめん。説教だな。」

「私、言ってないこと、ありますけど、でも、言うと、悪いんで。」

「何。」

静が言っていないのは、私への気持だろうかと、私は平気で想像していた。

静が深く頭を下げ、私も軽く下げると、自分からその場を離れた。

その後、映画を観るために新宿へ行った時にも、もうあの六階の休憩スペースには行かなかった。

静の番号が書いてある手帳の頁は、そのままにしてあった。

下関に帰省すると、街に風が吹いていた。これが故郷だった。春の風とか台風、また都会のビル風とは違い、街並を乗せている地表そのものがいつまでも傾きっ放しで、それに連れて空気も永久に傾斜してゆくような無限の風だった。風がないよりもずっと虚しい感じが、いつもの通りだった。

約一年半ぶりの母は小さくなり、勝手によく喋った。洗い物で皿を一枚割っても喋っていた。

寝る時も風は鳴っていた。東京の住宅街の方がよほど静かだった。

朝は、風も朝の響きに聞えた。時間帯によって気流が変るものなのかどうか、しかし、朝には朝の風だろうと思った。ここで暮していた頃はそんなことは考えなかった。

会場となる小さな文学館までは実家から歩いて二十分足らずだった。近くにあるうどん屋を出てからも、まだ時間が少しあった。

商店街を抜けた先の八幡宮の石段を上り、関門海峡を眺めた。観光客向けの市場や、チェーン店の看板が大きいレストラン街が国道沿いに鮮かだった。二人で行った遊園地と暗くて小さな水族館も、もう十年以上も前に、大きく新しくなった。

小ぶりなテーマパーク状態の故郷を、ここで働き、生活する人たちを貶めるのを承知で、無残だと、講演で言ってやろうかとも考えるが、昔の風景が消えてしまったと嘆くのはやはり情ない。変化がないならないで、何も変らない無残を嘆くのだろう。しょせん自分は風景からも、過去からも、遠く隔たって生きている。風景が無残なら、私に無残の資格はない。傷つく心さえ持っていてはならない。

それでも、観光客など完全無視の、暗く古かった市場の風景を、いまもはっきり覚えている。自分の方が風景に覚えられてしまった気がする。もうすぐ四十七になる。

三島とおんなじ死に方をしてみろと森戸に言っておけ、そう吐き捨てて非常階段を降りかけた私に緑が、

「ほんならあんたは睡眠薬飲んでガス吸うて死なんといけん。やろ。川端康成とおんなじ

死に方、するんやろ。分った、森戸君にはそう言うとく。二人とも勝手に死んだらええ。自殺は、お侍さんの、日本の男の美学やろう。うちは女やけえ美学には当て嵌《はま》らん。ほやけえ、あんたらが死んだあとも生きることにするわ。それとも、二人いっぺんにやないで、どっちかは卑怯に生き残るんかな。まさか、二人とも？　いくらなんでもそれはないやろ。二人とも、三島と川端がほんとに好きなんやろうけえ。少なくともどっちか一人は、うちのことも、本気で好きなんやろうけえ。そうやろ、そういうことやろ。うちが本気で好きなら、おんなじように本気で好きな作家の死に方、真似するやろ。絶対そうするやろ。」

泣いているのに言葉ははっきり聞えた。

「……というようなことを、ここへ来るまでの間、考えていました。つまり、風のことです。風は、単なる風です。東京の風とか下関の風という具合にわざわざ名づけるほどの現象ではありません。ですが、東京でふっと風に出くわすと、下関の風を思い出す。この土地で暮していた時間が蘇る。蘇った気がするだけかもしれない。明確な人物とか出来事を思い出すわけではない。それでも、意識や感覚の上で過去に引き戻されているのは本当だと申し上げていいんじゃないでしょうか。あの頃に、タイムスリップは出来ません。ですが記憶は、蘇ってくる。それは、望んでいなくても浮び上ってきます。もしかすると、無意識に望んでいたのかもしれない。望んでいたからこそ、記憶が記憶として成立する……私が東京へ移り住んだ理由は、一言では説明出来ませんが、あえて言うなら、ここで暮していた時間から、つまり過去や記憶から逃れたかったのです。その点、いま言ったばかりのことと矛盾しますが、絶対に望んでいない記憶というものもやはりあって、それが、人を、逃亡へと駆り立てる……とはいえ東京行きの最も大きな理由は、有名な文学賞を貰ってわずかばかりのアブク銭が出来たから、ということになるのですが。」

地元にいた頃と東京暮しのいまと、自分の小説はどのように変ったか、いわゆる標準語と方言の違い、それをどう小説に取り込むかについて喋った。

そうやって予定していた言葉を、多少のアドリブで膨らませつつ声にしながら、視線は、百人弱くらいの聴衆の上をさまよった。母。数人の親族。熱心にメモを取る七十くらいの男。話に頷く人。眉間に皺を作る人。時々は笑い。居眠り。

直近の仕事の進み具合。次の作品の構想。書けなくなるかもしれない怖さ。年齢上の衰え。作家の死について。

「……大往生もあれば突然の死もあります。死の年齢、最期の状況は様々です。作家として、人間として、人生の折返しを過ぎた身としてはこの頃、いろいろと考えます。作家の自殺についてもです。昭和二年の芥川龍之介の死はその後の、暗い昭和前半を先取りしていると見ることも可能でしょう。太宰治の死は戦後の昭和二十三年ですが、これはまた戦後という時代の何かの反映、あるいは戦後などという時代には生きていたくないとの宣言を、命を使って世に放ってみせた、というのは、極端な見方かもしれません。例えば、三島由紀夫の死について、この時間内でとても語り切れるものではありません。」

視線は動き続けた。いなかった。静の面影を四十七の女の姿にしながら探した。

「師である川端康成がノーベル賞を受けたことの悔しさ。戦争で生き残ってしまった罪悪感。それこそ戦後日本の軽薄への絶望。自決直前、最後の演説をやってのけた陸上自衛隊駐屯地のバルコニーをステージに見立てて、肉体を生かし切ったパフォーマンスだと捉える人もいるでしょう。間違いではありません。しかしはっきりしているのは、自分で自分の命を絶ってしまったということです。終るべきでないところで終らせたことです。

ところで、です。私が、生きて、三島や、多くのいまはもういない作家たちの小説を読み、作家になった、これはどういうことか。それは、私が生きているということです。芥川や太宰や三島は自殺したが、私はまだ自殺していないということに他なりません。一番好きな作家はと訊かれれば、ためらいなく川端康成と答えます。そのあとで、疑問と恐れに捕らわれます。小説にどれだけ感動したからといって、自ら命を絶った川端の名を口にしてもいいのか、と。作品と作家は分けて考えるべきです。死に方がどうであれ、作品は作品として読み、好きだ嫌いだと言ってしまって、いっこうに構いません。しかし、小説を仕事とする者として、作品は好きだけど死に方はいやだ、自殺がいいことであるわけがない、と物分りよく言ってしまっていいものか。私はむしろ、むしろです、作家の自殺と作品とを初めから結びつけていたのではないか。『伊豆の踊子』も『雪国』も『山の音』も、川端の自殺を前提に読んでいないか。ほらこの作品のこの文章にはすでに死が暗示されてるじゃないか、全ては必然なのだ、この場合、自殺は作家にとってあり得べき帰結であり、悪いことではない、彼の死に方も、その素晴しい作品群を成立させる要素として肯定すべきではないか。究極的に言えば、川端が好きだと告白する作家は、自分自身も、川端が辿った道を……」

いない。聞いていてはくれないのか。

「私がこのような、やや深刻な考えに至ったのには理由があります。詳しくは話せないのですが、作家になるよりずっとずっと前、ある人と、川端や三島について話したことがありました。その時、私は、三島が好きな人間は三島と同じ死に方をすべきだ、と言いました。おかしなことに、川端が好きならやはり同じ死に方をすべきだ、という考えは全く浮んでいませんでした。川端と三島の自殺は、当り前ですが質がかなり異なります。三島の死はセンセーショナルで、どうしても天皇や政治や国家、軍隊や戦争といった文脈で語られがちです。楯の会という集団の一員として、クーデターを叫び、割腹という最期を迎える。はっきりした死に方なのに説明しづらく、散々語られてきたのに本質はなんら語られていないような、語ってはならないような死に方。そういう、派手でもあり謎でもある三島を好きなら、あの死に方も肯定し、そのあとを追うべきだと、私は思ったのでしょう。政治的な分りやすい要素を利用して、三島が好きなやつは右翼だから同じ死に方をしてみせればいい、それが政治的な筋の通し方だ、と。まるで、自分はそんな過激な変人と違って常識的で善良な一般市民だ、とでもいうようにです。

もしも……もしもその時、川端が好きなら川端と同じ死に方をするべきだ、と言われて、いたと、したら、私は、どうしていたか。常識に従えば、いやだ、自殺なんかしたくない、作家と作品は別だ、と言えばいい。しかし、私はその頃から川端康成の小説が本当に好きでした。さらに重いのは、当時の私は将来作家になりたいと密かに考えていたという点です。作家を目差す者が、作家と作品とを、すっぱり分けていいものか。やはりその死に方を……してみせるべきではないか……

などと思いながら、私はこうして生きています。生きている一人の作家です。それなりの自負もあり、こうして皆さんに話を聴いて頂けるのもありがたい。作家になって、後悔はありません。ただ、自分が生きている事実に、慄然とすることがあります。人に向って死ぬべきだと言っておいて自分は生きている、この事実に、寒気がする。他人の死を促す発言への罪悪感からでもあるでしょうが、もしも川端康成と同じ死に方をしろと、その時言われていたらと想像する恐怖から来るのでしょう。こうして生きている私が、その時のその人には果してどう見えているか。他人に対して死ねと言った記憶、他人から死ぬべきだと言われた、かもしれない記憶、この二つから、私は逃げられるでしょうか……」

最後に、会場からの質問に答えた。故郷を捨てたという気持があるのか、地元に住む人間としては田中さんが下関を見限ったようで残念なのだが、と年配の女に訊かれ、そう言ってもらうのはありがたいが、私が生れ故郷を捨てたかどうか、ということより、ここに住む方一人一人がどう生きるか、ということだろうと思います、私などがここに住んでいないくらいで残念がるのは時間の無駄です、と答えた。

大学生だという若い男が、小説を書いている、なれるかどうか分らないが作家を目差している、少しでもいいからアドバイスを貰えないだろうか、と生真面目に言った。こういう質問を受けた時の、いますぐやめた方がいい、作家になってもあんまりいいことはない、その道を純粋に突き詰めたいなら趣味にしておいた方がいい、というのいつもの台詞は封じて、まずは書くより読むことです、よほどの文学好きでなければいま時の人は読まないでしょうが十九世紀の小説を読んで下さい、そこから自分の方向を探りつつ書いて下さい、と答えたのも、講演の中で、どうやって作家になったのかを、高校時代の体験を混じえて話したためらしかった。作家になりたいという人の道を閉ざす発言をしてしまうと、そのまま裏返って自分が作家になったことそのものを、高校の頃の体験もろとも否定してしまう結果になりそうだったからだ。

熱心にメモを取っていた男に対してもそうだった。自分は病気があり、ここ二年くらい一進一退であるが確実に回復するとは思っていない、そういう者から見て自殺した作家が好きなら同じ死に方をすべきではないかという先ほどの話は、作家の美学か何か知らないが命を弄ぶ以外のものではない、失礼を承知で言うが不愉快だ、捨てたい命であればどうか自分にその命をくれないだろうか、あなたは生きなくてもいいから自分を生きさせてほしいと、厳かな説教の口調で男は語り、会場は張り詰めた。男の話に正直苛立った。人それぞれの人生があって生きる理由死ぬ理由もいろいろですから、という文章を頭の中で完成させて声にする寸前まで行って呑み込み、さっきの私の発言は、過酷な立場で生きる人たちには、恵まれている人間の贅沢なたわごとに聞えたかもしれません、ただ、若かった頃に他人と交した、例えば三島由紀夫をめぐる議論の中で、実感は伴っていないにせよ生きるか死ぬかの話をした記憶はいまの自分にまで及んでいて、そちらから見れば生半可かもしれないが自分なりにそうとうな覚悟で発言している、私の命を譲ることは出来ない、自分自身のかけがえない命を好きな作家の死に方通りに本当に捨てるかもしれないがいまこの瞬間には捨てていない、捨てずにこうして話をしている、批判を受けながらあなたと向き合っている、また別の時には原稿を書く、そうやって一瞬一瞬、一日一日をどこまで保って命をつなげてゆけるか、というのがいまの私です、身も蓋もない言い方をすれば、死を想像したり予感したりは生きている者にしか出来ません、死に近づく時にこそ死との距離を計れるのではないか、というのもあなたにとっては腹立たしいよまいごとかもしれませんが、と出来るだけ丁寧に、しかし最後のところは、強く早く言ってしまった。男は何も言わず、恐ろしい目をした。

その後、結婚しないのですか、好きな女性のタイプは、の質問にそれぞれ、皆さんが私の本を買って下されば印税を結婚資金に回せます、私のことを絶対好きになってくれそうもない人です、と答えて、終った。

途中から、会場の中を目で探すのはやめていた。三島や川端や、同じ死に方をするしないの話をどこかで聞いているかもしれない緑を思ったため、川端と同じ死に方をしろ、の緑の言葉を、どうしても実際に投げつけられたとは言いづらくて、仮定の話としてすり替えて話したのだったが、考えてみればそれも、無意味で勝手な配慮だ。今日の講演全体も、非常階段での最後のやりとり以来、自分もこうして生死について悩んできたのだ、との自慢げな言い訳に過ぎない。これだけ死について考えてきたんだから、もういいだろ。俺は生きてていいだろ。

母が泣いているのが見えた。

会場でサインや写真にいくつか応じた。作家になりたいと言った大学生が微妙な距離で立っていた。私の方から近づき、まずは大学の勉強をちゃんとやるべきだね、よけいなお世話だろうけど。日本の作家では誰を読めばいいですか、漱石は一応読んでますが。永井荷風とか、谷崎潤一郎は。あー、いえ。そのへんから、手、つけてみたら。川端、三島もでしょうか。うーん、とにかく、読みまくることだね、何から何まで全部。全部、ですか。体力的に無理のない範囲で、全部ね。

メモを取っていた男が遠くから恐ろしい目のまま頭を下げたので、私も会釈した。親族たちと話したり、地元新聞の記者が、今日のこと記事にさせて頂きます、掲載紙は東京の御自宅にお送りします、と言ったりするうちに会場から人が引いた。ぽつぽつと残って展示スペースを見ている人たちの中にも、見当らなかった。

もしいたとして、何を言えばいいだろうか。今日の話を聞いた緑にどういう顔をすればいいか。森戸のことを訊くべきかどうか——

これまで何度も思い描き、打ち消し、をくり返してきた想像が襲ってきた。

森戸は本当に、もうこの世にいないのではあるまいか。三島と同じ死に方をしてみろ、の言葉を緑から聞かせられ、森戸はそれを生真面目に、三島自身の生真面目な死を追いかけるように実行する。静が言った通り高校在籍中には何もなかった。卒業後、この土地を離れ、何年も経ってからかもしれない。作家と同じ死に方をしてみろと言われた二人のうち、一人はその通りに死に、一人は作家になり、帰省がてらの講演会などやっている。

文学館のスタッフの声に顔を上げる。展示してあるお写真、何年も同じもの使わせて頂いてますがお撮り直しした方がいいでしょうか。そちらが大丈夫ならいまのでいいですよ、こっちが年取って写真とかけ離れてきたら、お願いします。

その私の顔写真の下にある手書き原稿などの展示品に、もう何度も見ているだろうにじっと見入っていた母を促し、正面玄関に向った。

「何、泣きよったん。」

「あんたがあねえな話、するもんやけ。死ぬとかなんとか、なんでそねえな思いまでして小説書きよるんか思うてから。」

母の、男っちゅうもんは、が出そうだったが、いけんいけん、死んだらいけん、本の読み過ぎで死んだらいけん、と呟いた。

出てすぐの歩道に、逆光で、背の高い人物がこちらを見ている。

「田中さん。」

よく響く低い声で近づいてきたのが誰なのか分ったのが、またその相手を見ていられるのが不思議だった。

「森戸という者ですが……」

　底に響く誠実な声だった。

「……ええ、……分ります、高校の頃……こうしてお話しするのは初めて、ですが。」

「ええ、ええ。こちらこそ、初めまして。大変恐縮ですが、少しお話し出来ないかと。お忙しければ帰ります。」と母を見て軽く頭を下げた。

　いまになってやっと、どうすればいいか分らなくなってきた。

「お知合いの方？　さっきの息子の話、聞いて頂いてたんでしょうか。」

「一番うしろからですが、うかがってました。」

「ほんなら立見やったんですか。あねえな話をわざわざ。まあなんですか、よう分らんことばっかりで、御迷惑やったでしょう。」

「いえ。」

「なんかお話がおありですかね。ほんなら、先、帰るけえ。」と、バス停の方へ、ゆっくりと歩いていった。五年くらい前に講演した時は、自宅からここまで、歩いてきていた筈だ。

「お母様でしたか。申し訳ない。よろしいんですか。」

　声を出せず、頷いた。

整った髪型と、誠実な目だった。

出てきたさっきのスタッフが、お話しになられるんでしたら中にお席、用意しましょうか、と言ったのを断り、風はあったが、文学館のすぐ傍を流れる小さな川の縁のベンチに並んで座った。

「芥川賞受賞された小説の舞台、この川だそうですね。」

「まだかなり汚なかった頃のことを書きました。いまは下水道の整備も進んだりして、かなり綺麗になってますよね。」

「ああ、そうなんですね。その頃のこのあたりを、知らないもので。」

「……そうですよね。電車で通学なさってたんですよね。お住まいはこのへんではなくて。」

軽く頷いた森戸は、膝に両拳を載せ、背筋を伸ばした。何を話せばいいのか。何を話してはならないのか。

「今日、ここへ来るかどうか、かなり迷いました。でも、あの人の、娘さんから、今日の講演会を聴きにいってはどうかと、メールを貰ったもので。」

静は森戸を知っていたのか。

「東京で、娘さんに、お会いになってますよね。」

「……娘さんが、そう言ったんですね。」

「ええ。」

「はい、会いました。あの、確認なんですが、あの人というのは、その。」

「はい。真木山緑さんです……田中さん、あの人のことは、御存知、ですか。」

意味を摑みかねた。

「あの、もうすぐ一年、ですが。」

もうすぐいちねん、という言い方から想像出来そうないくつかのことの中で、森戸の目は、たった一つだけをじっと示していた。

「御存知、ありませんか、娘さんからは。」

首を横に、あいまいに振った。

「そうですか、彼女、話しませんでしたか。話せなかったか……」

「あの人に、何か……」

だが森戸が何を言うかははっきりと分っていて、その通りの声を聞いた。

「…………本当ですか。」

「去年の、十二月でした。」

これまでの静との時間が音を立てた。離れ気味の獣の目が私を見た。

「御病気、だったんでしょうか。」

これも、病気ではないと直感していた。

森戸は黙っていた。迷っている感じではなかった。必ず言ってしまわなくてはならない重圧を確めていた。そして、私がしている限定された想像を、またしても裏書した。

「病気ではありません……病気ではなく、御自分で、御自分で……」

その先は私が言うべきだった。

「命を、絶った、と?」

森戸の拳が震えた。自分も体が揺れそうになるのを、罰のように押えて川を見た。誰も喋らなかった。小さな鳥が水面近くを這って飛んだ。

こうなってもなお、森戸の声は冷静で、誠実だった。

「去年、葬儀にうかがったあと、娘さんから連絡がありました。私のことは、緑さんから聞いていて、芳名帳で私の名前を見つけて、高校時代の我々の同級生を介して、僕に連絡をくれたんです。昔の話を、聞かせてほしいと。緑さんから、田中さんや僕のことを、少しは、聞いていたようです。それが、あの頃の、そういうことを緑さんが話したのは、亡くなる直前だったと。」

　私は、凍った口をこじ開けて、

「それは、亡くなった原因が、高校時代のことにあると、いうことなんでしょうか。あの人は、遺書か、何か……」

「そういうことについて、僕は聞かされていません。原因がなんなのか、これは当然ですが、僕には、はっきりと分らない、としか……話を聞きたいという娘さんの申し出に、どう話せばいいか、戸惑ってしまって、何度か、メールも電話もあったんですが、緑さんから聞かされていたほんのいくつかのことが、事実かどうか、という質問に答えるのが精いっぱいで。それ以上の、詳しいことを、私の方からは説明出来ませんでした。そうするうちに娘さんから、東京で、ちょっとしたきっかけがあって田中さん本人に会えたと聞きました。ただ、確めたかったあの頃の核心については分らなかった、つまり、緑さんが亡くなった事実を田中さんに知らせる勇気がどうしても出なかったために、立ち入って深く訊くことが出来なかった、と。それで、自分は東京にいるから無理だけど、今回の講演を聴いて、そして、田中さんと、直接、話してほしいと。そんなこと出来るわけがないと僕が言うと、母が亡くなったと話しても構わないから、確めてもらえないだろうかと、言われたんです。」

「確める……あの人が、なぜ、亡くなる道を、選んだかの、原因を、確めるという？」

私の声の途中から首を振っていたが、何か思い返すようにまばたきをして、

「そうではないんですが、そのことと、関係があるかもしれません。娘さんは、お母様が、緑さんが、果して、その、田中さんと、僕と、いったい、どちらを、本当に好きだったのか、確められないだろうかと……」

いまどこかから私を見ているのが緑の目なのか静なのか分らず、見られていた。

「どちらを？　しかし、それは、いまさら確めるようなことでは、ないんじゃありませんか。」

「ええ、ここで話をしても、確められることではありません。」

「いえ、森戸さん、そういうことではなくて、いまさら確めるまでもなく、あの人の気持は、間違いなく、あなたに向っていた。はっきり言いますが、私ではなく、あなたを選んだ。」

これでは嫉妬丸出しではないかと後悔したが、しかし、そうでないと言い切れもしない。

「本当に、そうでしょうか。親同士の職場が一緒だったんです。それで、子どもの頃から

知ってはいました。緑さんが中学生になった頃から、その、つき合っている、と言っていい関係、いや、関係といったってまだその年齢ですから、決して、大人のような、仲ではありませんでしたが、お互いの気持は分っていました。しかし、彼女が高校に進んで、田中さんが現れた。同じクラスに、本好きの男子がいると、最初はその程度でしたが、会話の中に田中さんが出てくることが増えていって、それで、緑さんが、離れた。僕から離れていっていると感じた時期がありました。」

「それは、お二人が過していた時間からすれば、ほんの一時期だった筈です。私とあの人が二年生の、夏休みを挟んだくらいの頃、私はあの人と、友人ではない状態だったと思います。ですが、その間も、あの人は、あなたと……」

森戸の肩が震え、追い詰めたかと怖かった。あの夏休みに結ばれたと、緑は言ったのだ。

「仰るように、続いてはいました。ですが……やっぱり、僕は今日ここに、来ない方が、よかったんでしょうか。田中さんとは、会わない方が、よかったのか。そう思うのは、先ほどの講演で話されたことが、あるからです。」

謝罪をしなければと、

「三島由紀夫の、こと、ですか。」

大きく頷いた森戸は、

「あれは、緑さんとの会話ですよね。三島と、同じやり方で、と。田中さんにそう言われたと、緑さんから聞きました。そのあと、田中さんに向って、だったら川端と同じ死に方を、と言ってしまったことも、です。講演では、違う言い方をされてましたが。」

「あの人が、聴いてくれてるかもしれないと思っていたものですから、ああいう激しい言葉を返されたという事実は、言えませんでした。あの人の名前を明かすのではないにしろ、聴いてる人たちに、あの人を、悪く印象づけたくも、ありませんでした。」

森戸は私の告白をいたわるように、何度も大きく頷いた。

この人物になら、なんでも話せてしまえそうだ、と思った時だった。

「田中さんに、罪はありません。田中さんにそのように迫られた緑さんは、それは、戸惑ったことでしょうけれど、ですけど……緑さんから、田中さんにそう言われたと聞いた時、本当に驚きました。」

「なんと、謝ればいいいか、言葉を知りません。」

「いえ、その、すごいものだなと、感心したくらいでした。」

「……?」

「好きな女性に対して、三島と同じ行動を、と仰るというのは、すごいものだなと。いえ、皮肉を言っているのではありません。」

息が詰った。勘違いだ。私が緑本人に死ねと迫ったのだと勘違いしている。それとも、私を気遣って、そういう言い方なのか。

「作家になる方というのは、十代の頃から、やはり、違っているのかな。」

いや、森戸の勘違いではないかもしれない。緑は森戸に、三島と同じやり方で死ねと自分自身が言われた、と伝えたのではないか。

「森戸さん。」

「田中さん、あなたは、悪くない。」

緑は、私が森戸本人に死んでみろと言ったとは、伝えることが出来なかったのではないか。そして私から聞かせられた静も。

「緑さんが田中さんの強い言葉をそのまま受け取ったのだとしても、いま、三十年も経って、緑さんが、自ら、行動を取ったからといって、田中さんは。」と、激しく上を向いて首を振り、「ああ、やっぱり会うべきじゃなかったか。でも、でも、あなたは悪くない。決して、悪くありません。」

話そうとする私を、こちら向きに掌を突き出して止め、

「悪くないですよ。それはね、緑さんが川端と同じことを、と言った結果についてもです。田中さんにああ言ってしまったことを、緑さんはずいぶん後悔していました。だから、悪くない。田中さんが、そういう行動を、取っていないことは、何も悪くありません。御自分が生きていることが緑さんにどう見えているか、と仰ってましたが――」

「いえ森戸さん、私があの時あの人に言った言葉があの人を苦しめたんです。三島と同じ死に方を、と私が言ったのは、あれは……」

あれはあなたへの伝言だったのだと打ち明ければ、森戸を追い詰める結果になる。が、相手を傷つけてでも、事実を話すべきではないのか。なのに、森戸は、

「悪くありません。悪いとしたら、一番悪いのは僕でしょう。卒業後も、ずっとつき合っていました。幸せでした。彼女も幸せなのだろうと考えていました。ですが、僕が結婚の話をした時、急に泣いて、無理だと言いました。理由は言わず、無理だ、と。僕は、諦め切れないくせに、緑さんに無理だと言われるのが怖いばっかりに、その後結婚のことは持ち出さず、ズルズルとつき合い続けました。緑さんの態度が変って、気持が僕の方を向かなくなったと承知の上でです。勿論、長く続く筈、ありません。お願いだから暫く会わな

いでほしいと懇願され、従いました。そこでもっと粘っていればとあとから思いましたが、こちらも、疲れていたかも、しれません。男として、情ない話です。次に会った時、お見合いをした相手と結婚することになった。もうつきまとわないでほしいと。」

日が傾き、川面を風が吹いて寒かった。上流の方で鴉が鳴いた。

「僕を振り切りたくて唐突に、当てつけみたいな見合い結婚をするのだと、その時は悔しさからそう解釈しましたが、緑さんが振り切りたかったのは、僕ではなくて、田中さんだったんじゃないかと。それは、川端と同じ死に方を、と一番好きな人に思わず言ってしまった後悔も含めて、振り切ろうと。」

「そんなことは。」と言った声がそらぞらしく風に飛んだ。

「いいえ。講演をうかがって、それからこうして話をしてみて、改めて、そうに違いないと。田中さんが、緑さんと僕との関係に、失礼ですが嫉妬なさって、三島と同じ死に方を、と思わず仰って、緑さんは、いわば売り言葉に買い言葉で、だったら川端と同じ死に方を、と切り返す。そんな危険なやりとりは、互いに、相手を本当に好きでなければ、出来ないんじゃないでしょうか。田中さんに、三島を引合いに出して言われたことを話す時の緑さんは、どこか、うっとりしたというか、一種感動しているような顔でした。言われて、嬉しかった、そんな風でした。僕も、本は好きな方でした。三島も、川端もよく読みました。ですが、そんな強烈な会話はしたことがない。」

話が終りかけている気がした。やはり、確めておかねばならない。

「森戸さん、どうしても、聞きたいんですが、先ほどから、お話をうかがっていて、その、何か私に、話されていないことがあるのではないかと。」

森戸は不思議そうに息を吸い込んだ。

「いやその、ごめんなさい、疑うつもりはないのですが、もし、もしですよ、私に気を遣って何か、大事なことを仰ってないんじゃないかと。例えば、同級生の田中っていうやつが、何かいやなことを言ったとか、その、三島と同じ死に方を、という言葉に関しても、他の、ことについても、森戸さん自身の迷惑になるような、森戸さんをおびやかすことを言ったとか、あの人は、言いませんでしたか。」

森戸は、不思議そうな目を解き、初めてはっきりと笑った。大きく首を横に振り、いいえ、と誠実に言い、

「緑さんは、田中さんを、決して悪く言いはしませんでした。三島云々の時も、田中さんを悪く言うことは一度もありませんでした。」

だから死んだのだ。森戸を追い詰めるのだとしても、言わなければならなかった。

「そうだ、ずいぶん前、大学生の頃かな、田中さんが川端の『雪国』について、確か、犬が温泉の湯を舐める描写とか、降ってくる雪が、静かな嘘みたいだっていう表現とか、あ、田中さんの前で描写とか表現とか言うのは恥かしいですが、田中さんがそういう文章がいいと仰ってたと、緑さんが。緑さんはそんな文章があることさえ覚えてなかったらしいんですが、あとで読み直してみて、こんなところに目をつけるっていうのはすごいと、感心してました。僕はかなり、妬きましたよ。」

今度は声を出して笑った。

「田中さん、東京で、いまでも静さん、娘さんとお会いになりますか。」

「ここのところ、連絡も出来てなくて。」

「僕もなんです。連絡先を変えたみたいで、メールも、電話も。これ以上、僕なんかと関わりたくないのも分りますが、どうしたんだろうと。」

私は思い当って、

「森戸さん、大変失礼ですが、あの人が、結婚してからは、その、あの人と会ったり、話をしたり、だとかは。」

首を振り、

「二人ともずっと地元ですし、狭いですから、見かけたことはありました。それだけです。」

私は恥じた。似ていない。静の、父親ではない。

「変なことを訊きました。本当に、すみません。」

「私も、実はお訊きしたい、というか申し上げておきたいことがあります。緑さんが、川端と同じ死に方を、と言ったこと、私は娘さんには、話せませんでしたが、田中さんは。」

「言ってません。あなたのお母さんはこんな言葉を私に、とは、やはり言えませんでした。」

「それでいいですよ。もしも今後、どこかで娘さんにお会いになったとしても、仰らない方がいい。娘さんのためにも、田中さん御自身のためにもです。さっきも言いましたが、悪くないんですから。田中さん、どうか御自分を、追い詰めないで下さい。あなたが、三島と同じように、と言ったことも、どうかこれ以上、考え過ぎないように。つまり、すみません下手な言い方になってしまって、つまり、緑さんが亡くなって、あなたが生きている、だからといって、あなたは、どうか、御自分を、蔑《ないがし》ろには、なさらないで下さい。失礼をお許し下さい、どうか、どうか、お命を大切に、なさって下さい。」

大きな手で涙を拭って立ち上がるので、私も続いた。

「何か、私たちは、共犯者みたいだ。」

そう言った私を数秒、考える目で見たあと、少し笑って頷いた。

「森戸さん、一番悪いのは御自分だと言われましたが、あなたも、御自分を責めないで下さい。」

共犯者なんかじゃない、私はあなたに、死ねと言ったのだ、それが全てだ。共犯者じゃない、全部、私だ。その全部を、緑も、静も、言っていない。あなたと私を、傷つけないために。いまあなたが私を気遣ったのと同じ理由で、二人は事実を、言わずに……

お母様に息子さんを横取りして申し訳ないとお伝え下さい、と森戸は最後に言った。掲示板の貼り紙と黒板に書いた字のことだけでも謝ろうと思っていたが、私は何秒か見送り、反対方向へあてなく歩いた。

いまからでも追いかけて、三島と同じ死に方をとあなたに言ったのだ、と罪を告白すべきだろうか。しかしやはり、森戸を追い詰める、そして、自分の逃げ場を、塞ぎもする。

私が森戸に死ねと言ったのを、緑は自分が死ねと言われたことにして、森戸が感じるかもしれない負担を回避してみせた。作家と同じ死に方をしろと言われた男二人が生き延び、私に向って死ねと言った緑が、命を絶った。それで終りだ、終りだ……

言い聞かせるに従って足が鈍り、川にかかる小さな橋の欄干に手を突いた。秋の終りの川に魚の姿はなかった。体の内側は冷えているのに、顔は火照《ほて》った。

何が終りなのか。終りなのだとして、その終りの虚しさと恐ろしさを、私はどうすればいいのか。私の言葉を緑が森戸に伝え切れなかったのは、森戸の負担を減らすのと合せて、緑自身が私に、川端と同じ死に方を、と言ってしまったためではなかったか。私が森戸へ死の伝言をしたのが罪なら、緑が私に死を促したのも罪だ。二つの罪を、緑は一人で引き受けたのか。死を選んだ直接の原因がなんなのかは、勿論分らない。だが三十年の間に二つの罪が、緑の中から薄れて、消え去ったとは考えられない。緑は高校時代の話を、死の直前に、静にしているのだ。

緑に言われた通りに自分が死んでいれば、緑は死なずにすんだかもしれない、と考えたが、体が寒くなるばかりだった。私はいま、自分が生きる時間を自分で遮断しようとはしていない。これほど透明な罪悪感はなかった。透明で、軽い。誰にも気づかれない。透き通った罪は、私を圧し潰さず、私の死までの時間を丸ごと包み込むかと思えた。

十二月の第一金曜日の夕方、新宿方面の電車は乗客の着る冬物のせいで、実際以上に混雑していると感じられた。

東口の街並がクリスマスの色をあちこちに咲かせ、デパートの中に入るとさらにはっきりとした激しい色が空間を埋めていて、電車の中よりも息苦しいような、むうっとした空気だった。

六階の休憩スペースはすいていて、ダウンジャケットで体を膨らませた若い男が一人、欠伸をしたり、顔をこすって溜息を吐いたりしながらスマートフォンを操作しているだけだった。

静と待ち合せているのではなかった。ただ、来てみた。五十までにもう一度十九世紀の小説を読み直しておきたくて二十数年ぶりに読み始めた『戦争と平和』の文庫本を鞄から取り出しはしたが、六百頁近くある第一巻の重みを掌で味わい、面倒だった。

静とはここで会い、ここで別れた。森戸が言っていたので、手帳に静自身が書いた番号にかけてみたが、やはりつながらなかった。ここへ来る理由は何もない。なのに来た。トルストイなんか読んでいられないのは当り前だ。

初めてここで顔を見た時、どこかで会った気がしたのだった。その翌々月に、初めて会話した。顔を覚えてないかと、静は言った。離れ気味の目。目を見開く仕種。確か、お母様はお元気ですかと訊いた時にも、最後に会った日、お母さんを大事に、と言った時も、あの目をした。そして、私に、言っていないことがある、と。私はそれを、静の私への気持だと勝手に解釈した。酔って、お前のせいだと言ったのもそういう気持からだと受け取っていた。

そんなわけがない。緑の死こそが、お前のせい、だったのだろう。いつも深々と頭を下げていた静の、めいっぱいの主張だった。お母様お元気ですか、お母さんを大事に、そう言われて、静は目を見開いてみせるしかなかった。それ以外にも、その目つきになった時に何を話していたか、思い出せば分る。母の死を私に隠そうとする時、決って、無理に目を見開き、笑ってさえみせたのだ。母がどうなったかを言う代りの仕種。

森戸の呼び方を、あいつさん、で通したのは、どうして名前を知っているのかと私に問われれば、話の流れとして母の死を隠せなくなってしまうと恐れたためか。私から話を引き出すために知らないふりをしたのかもしれない。いや、違う。私が森戸を、あいつと表現し、本人のいないところで名前は明かせないと言った時、やはり、見開いて、分る、フェアじゃない、と同意した。母の高校時代の話を聞きたい、との突然の要求に応える私の重圧を考慮し、こちらのやり方を尊重してくれたのだ。静は確かに、いつもフェアだった。緑の死を私に直接突きつけないのも、フェアだった。

エレベーターから、ヒールの音が降りてきた。

近づいてきた女に向ってダウンの男が立ち上がり、寒くなかった？　と意外に力強い声で言い、二人で売場の方へ歩いてゆく。まだ二十代同士だろう。

静は大学を、やめるのか。やめたのか。『雪国』の駒子の台詞を言ったくらいだから、文学を自分の道としてある程度考えていたのではないか。私から話を引き出す材料としての『雪国』だったとしても、ああいう具体的な台詞が出てくるのだからきちんと読んではいるのだ。

その川端康成と、同じ死に方をしろと緑が言った事実を静には明かさない方がいいと、森戸が助言してくれた。その言葉を受けて私は、まるで共犯者だと言った。

これまでの出来事のどれかを、あるいは起ったことの全部を罪と呼ぶなら、静は、事実を知らなくていい。母親が私に言った言葉を、知らなくていい。罪は私たちのところで止めておけばいい。三島由紀夫が自殺した翌年に生れた森戸、その翌年、川端康成自殺の年に生れた緑と私、この三人で、関係ない人から見れば罪とは呼べないかもしれない罪を、分担すればいい。そして、三島と同じ死に方、という言葉を口にしてしまった、分担出来ない、罪の中の罪を、私は誰にも見つからないように背負って、一人で逃げ続けるのだ。それでいい。逃亡の人生で上等じゃないか。

コートのポケットから手帳を出し、二本ついている紐の栞の一本をいつも挟んである頁を開く。静が、あー、もうっ、と書きつけた番号。連絡する時はいつもこの、深紅の栞の頁を開いた。いまはもうどこにもつながらなくなった番号。この間までは静と、そして緑ともつながっていた番号。

私は果して、静と会っていたのか、それともあの目に宿る緑に会いに行っていたのだろうか。

静は静であり、緑ではないのだから、果してどちらに会っていたのかなどとは、静の立場を考えるまでもなく、無意味な疑問でしかない。この疑問もまた、一つの罪だ。

トイレへ行き、個室に入り、静の番号の頁を破り取った。便器の上にかざし、水を流した。水は流れ続け、紙は落せなかった。いくらなんでも、と思った。

一階に降り、外へ出た。寒かった。雑踏だった。下関のような風がないままに、下から冷えた。

ずいぶん歩き回り、どこでも適当に捨てようと思ったが出来ず、そうするうちに小さく閃いた。ばかげていると笑いが出たが、いくらなんでも、とはならなかった。

東口の大型書店へ行き、エスカレーターで二階へ上がった。新刊売場の奥、文庫本の棚。新潮文庫。

『雪国』にしようかとも考えたが、初めに思いついたように三島由紀夫の著作の前に立つ。ここの文庫の三島のカラーである朱色の背表紙の列から、『仮面の告白』を抜き取った。カバーの表紙は、あの頃の、題名と三島の名が大きな明朝体で書かれたものではなく、ギリシャの彫刻をモチーフにして、装飾的だった。頁を繰ってゆき、本文の一番最後のところに、メモ紙を半分に折って挟み、棚に戻した。胸が大きく震え、迷った。もう使われていない番号でも、何か分るかもしれない。スマートフォンを持たない私にはどんな方法があるのか見当もつかないが、どうにかなるかもしれない。

手を伸ばした。人差指を『仮面の告白』の背に当てた――

きっと、あの頃と変っていない。この文庫本の表紙にはいまも、あの破れかけていたカバーそのままに、大きな明朝体が、並んでいる。きっと、大丈夫だ。

取り出さず、書店を出た。胸の震えは続いていた。

時間が経ったのだ。高校の頃からの三十年、静と会ってからの数か月。それだけの時間が過ぎ、私は生きていて、これからも生きてゆくのだ。

震えは喉を突破し、頭にまで突き上げてきた。すれ違う何人もが私を見た。涙を流すまいと踏ん張っている顔は、泣き顔よりおかしく見えるだろう。第一金曜日の新宿、デパートの六階、休憩スペース、それだけだった。

堪えて、歩いた。食いしばった。信号で立ち止る。母なら言いそうだ。男やろうがね、泣きんな。視界がぼやけかける。

あの時、なんと言ったっけ。カラス、カラスノ？　と、シラ、シラなんとか。あと確か、レペット。シスジェンダー。それがなんなのか、今度編集者にでも訊いてみようと思った。小松菜奈の、次の映画はいつだろう。泣いてはならない。許されない。

青。渡った。

田中慎弥　（たなか・しんや）

1972年山口県生まれ。山口県立下関中央工業高校卒業。2005年、「冷たい水の羊」で第37回新潮新人賞受賞。2008年、「蛹」で第34回川端康成文学賞受賞。同年、「蛹」を収録した作品集『切れた鎖』で第21回三島由紀夫賞受賞。2012年、「共喰い」で第146回（平成23年度下半期）芥川龍之介賞受賞。同作は2013年9月、映画化された。2019年、『ひよこ太陽』で第47回泉鏡花文学賞受賞。他の著書に、『燃える家』『宰相A』『地に這うものの記録』などがある。

完全犯罪《かんぜんはんざい》の恋《こい》

2020年10月26日 第1刷発行

著　者　田中慎弥《たなかしんや》

発行者　渡瀬昌彦

発行所　株式会社 講談社
〒112-8001 東京都文京区音羽2-12-21
電話 出版 03-5395-3504
販売 03-5395-5817
業務 03-5395-3615

印刷所　豊国印刷株式会社

製本所　株式会社若林製本工場

本文データ制作　講談社デジタル製作

ISBN 978-4-06-521119-9　N.D.C.913　158p　20cm